他鄉生白髮，舊國見青山。

登泰山而小天下。2001年10月參加山東大學一百週年國際學術研討會，校方安排遊泰山。

聊城傅斯年陳列館。背後為毛澤東當年題贈傅斯年的唐章碣詩。

傅斯年陳列館內。左上方為傅斯年照片。

聊城光嶽樓。傅斯年童年時，常隨祖父登臨。

平度油坊胡同舊居。我在這裡度過一段孤單幸福的童年。

故鄉平度老子廟。現改為博物館。

平度大澤山。「大澤疊翠」是平度八景之一，遠眺群峰聳峙，名不虛傳。

即墨故城。腳下就是戰國時期古即墨運糧河舊址，右為故城殘留的土堤。

背後為康王墓。漢景帝初封愛子徹為膠東王，都即墨。劉徹後立為太子，景帝封另一愛子寄為膠東王，謚號康王。

三民叢刊 257

時還讀我書

孫震 著

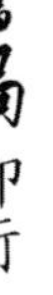

三民書局印行

自序

這是我的第二本散文集，距離第一本《回首向來蕭瑟處》於一九九八年出版，已有四年之久。

在過去四年當中，我們的國家和我個人都發生了不少大事。先就國家而言，一九九七年下半年，東亞金融危機，從泰國開始，席捲東南亞各個所謂新興市場經濟和東北亞的南韓，使這些國家的貨幣對美元大幅貶值，經濟成長率降為負數；經濟先進的日本和遠在太平洋對岸的美國也受到不利的影響。臺灣經濟雖幸能維持成長，但由於新臺幣大幅貶值，致使按美金計算的平均每人 GNP 從一九九七年的一三五九二元減為一九九八年的一二三六〇元。一九九九和二〇〇〇年成長率略見升高，以美金計算的平均每人 GNP 於二〇〇〇年時終於超過一九九七年的水準。

但民進黨在三月的總統大選中獲勝，五月取代國民黨而執政，經濟成長率於二〇〇一年降為負值，平均每人GNP再度降至一萬三千美元以下，失業率上升，投資率下降，經濟發展前途黯淡，人心惶惑，不知將伊于胡厎！

就我個人而言，我於二〇〇〇年三月民進黨勝選隔天之星期一向行政院長請辭工業技術研究院董事長之職。六月，首次回返離別五十餘年之山東故鄉，探望將屆九十歲的母親；老母雙目失明，看不見兒子已滿頭白髮。母親在和我相會一個月後辭世，我恰在美國旅遊，未能適時接到消息。母親生於民國元年，享年八十九歲。

二〇〇〇年九月，我接受元智大學的聘書，重返教壇，再理舊業。陶淵明〈歸去來辭〉說：「雲無心以出岫，鳥倦飛而知還。」又說：「實迷途其未遠，覺今是而昨非。」對我而言，過去並未迷路，也不能以今是而判昨非，然而歷經艱辛，能夠從人生第一線從容退下來，繼續素志，像陶淵明，「既耕亦已種，時還讀我書」，不能不說是一種福氣。

這本書收集了我過去四年多所寫十八篇散文，其中半數是過去一年中的作品。過去一年，我的另一本著作《臺灣經濟自由化的歷程》也接近完成，算是我豐收的季節。人生苦短，韶光易逝，但因曾經努力，內心喜悅，不知老之將至。

我將這十八篇拙文，按其性質分成三部分。第一部為「人生」。這一部分的七篇文字，不論寫別人、寫自己或一般而論，大致都強調人生奮鬥努力的過程。個人因努力而豐富，群體因個體之努力而進步，而個體也從群體的進步中得到各種不同形式的報償。

第二部為「還鄉」。這一部分的七篇文字中，有五篇是我在過去一年兩度還鄉，深深為歷史和鄉情感動所寫。去年十月我參加山東大學一百週年國際學術研討會，就近訪問聊城，並回平度老家安葬母親；今年七月又回平度祭拜母親去世二週年、父親去世十二週年，順道探訪即墨故城，即今平度古峴。聊城和古即墨是春秋戰國時期齊國在西方和東方的名城。春秋時期齊桓公的霸業從聊城開始。戰國時期齊國的復興從今平度的古峴鎮開始。親臨兩千多年前歷史舊地，過去從書本中讀到的故事恍然如在眼前。

第三部悼念四位去世的師友。其中李國鼎先生和梁國樹先生的事功，臺灣的讀者應都耳熟能詳；尤其是被尊稱為「臺灣經濟發展的建築師」和「科技之父」的李國鼎先生。邢慕寰先生在經濟理論上的高深造詣和嚴謹的治學態度也素為臺灣經濟學者所樂道。傅安明先生早年追隨胡適先生在中國駐美大使館服務，胡適去職後，離開大使館到美國政府工作，晚年來臺灣幫助農委會利用航測遙感技術，繪製臺灣的基本圖和主體圖，因此較少為臺灣一般讀者所知。然而他是一位愛國者，一位好朋友，一位愷悌君子。所以我將一篇紀念他逝世的講稿稍加補充，收錄在此，也想藉此彰顯一種溫柔敦厚的風格。

我原無浪漫的才思，亦少華麗的詞藻，無寧性格拘謹，經濟學的訓練又要求平實與準確，使文字受到拘束，乏善可陳。我只能說這本書中每一篇文字都曾用心經營，希望平實的記述中仍有若干情韻和一二啟發、感動之處。

工研院張玉華小姐和元智大學康聖鴻同學為本書初稿打字，我敬致感謝之意。

二〇〇二年九月十六日於元智大學管理學院

時還讀我書

目次

第二部 還鄉

第三部 師友

第一部 人生

少年易老學難成
一寸光陰不可輕
——朱 熹

記得當時年少
——臺大入學五十年話舊

經濟與文學的選擇

我於民國四十一年七月考取臺灣大學，九月註冊入學，成為大學「新鮮人」，如今不覺已經五十年，而我也早從服務了四十年的公共部門退休，賈其餘年，繼續在民間部門工作。回首前塵，歲月飛逝，真如黃粱一夢。然而當時只覺長路漫漫，前途茫茫，不知何處是歸宿。

目前臺灣的高等教育學府大約有一百五十所，包括大學、獨立學院和專科學校。近年獨立學院迅速升格為大學，專科學校迅速升格為獨立學院，又升格為大學。然而民國四十一年我考大學的時候只有一所大學，就是國立臺灣大學，三所獨立學院，即在臺北的師範學院（今師範大學），在臺中的農學院（今中興大學），在臺南的工學院（今成功大學），和四所專科學校。當時還沒有大學聯招，各院校單獨招生。我因興趣偏向文史和社會學科，所以決定只報考臺大經濟系和師範學院國文系。

我記得當年的考試臺大在先，我分配到的試場是徐州路臺大法學院臨濟南路近紹興南街一端二樓的一間教室。可能因為臺大法學院後來成為我學術生涯的起點，也有很長一段時期是我工作和生活的中心，因此常常會想起最初和臺大結緣的這一排教室。至於師範學院，究竟被分配到什麼地方考試，則事隔多年，印象模糊。

我一向考運不錯，關鍵性的考試像升學考試、轉學考試沒有失敗的紀錄，這次也如願錄取臺大經濟系和師範學院國文系。師範學院有公費，沒有生活方面的顧慮，臺大除了學雜費，還有生活上的負擔，師範學院畢業後由政府分發做中學老師，不過一定時期的服務也成為一種義務或限制，臺大畢業先要冒失業的風險，卻保有自由之身，有較多選擇的機會。那時先父與朋友合夥在廈門街賣燒餅、油條，生活困窘，自顧不暇，主張我念師範。可是家姨母怕教書限制我的發展，主張我念臺大。我自己則自知缺乏文學家的氣質和才華，且認為學經濟將來除了維持家人溫飽，也許還可以對國計民生有一點小小的貢獻，而且念經濟仍可兼顧文學方面的興趣，念國文可能較難得到經濟方面的訓練，於是下決心捨師範學院而念臺大。

想不到我進臺大不久就申請到「清寒獎學金」，不僅每月有生活費，而且學雜費全免，加以做家教和偶爾賺稿費，原來擔心的經濟問題並未形成太多困難。人生的道路總有一些險阻，要勇敢去面對，不能未經努力就退縮，但也不是只需努力就都能克服，其中也有若干靠運氣，讓我們學習感謝和謙卑。

臺大、太大

臺大在臺北市有三個校區，醫學院在仁愛路一段，法學院在徐州路，校總區在羅斯福路四段，經濟系雖屬法學院，但全校一年級的學生都在校總區上課。

那時的校總區沒有今天的規模。日據時期的臺北帝國大學雖然有很大的校地，但已經興建的部分不過是校園一隅。臺灣光復後，政府接收臺北帝大將之改制為國立臺灣大學，由於財政困難，發展緩慢。從羅斯福路四段和新生南路三段交會的校門進來，右轉上椰林大道，右手邊是理學院所在的一號館和相連的二號館，越過傅鐘是農學院所在的四號館；左手邊是圖書總館、文學院，和光復後新建的工字形工學院大樓前面的一排。如果我們把臺大校總區看作一座小鎮，則氣勢壯闊的椰林大道就是「大街」(Main Street)，和兩旁宏偉典雅的建築，共同形成「市區」(Down Town)。當年走完這條大街，大致也逛完了臺大小鎮的精華地區。

我們這一屆共錄取九七五人，在人文社會方面國內比較知名的人物有林文月、鄭清茂（中文系）、顏元叔（外文系）、傅偉勳（哲學系）、高育仁（法律系）、錢復、袁頌西、高英茂（政治系）、洪星程、簡弘道、李仲英、許士軍、于宗先（經濟系）等。大一新生上課都安排在上述主要建築以外比較簡陋的臨時教室、普通教室和大一教室。雖然當年的臺大以校舍而言，也許只有今天三分之一甚至四分之一的規模，但對剛結束高中生活進入臺大的新鮮人來說，仍有「臺大太大」的感覺。尤其臨時教室、普通教室、大一教室夾雜不清，更造成不少困惑。記得開學第一堂課是英文，在大一教室。我因思慮粗疏，未能辨別「臨時」、「普通」和「大一」的區別，以致從文學院後方的普通教室找到進校門對面的臨時教室，又順著椰林大道，轉向如今所謂的小椰林大道，越過一條小溪才找

到上課的教室，已遲到二十分鐘，虞爾昌老師正在用英文慢條斯理講「假如我再是一個大一新生」(If I were a freshman again.)。我因為趕路和緊張，滿身大汗，這臺大的頭一堂課一個字也未聽進。

除了英文以外，其他課程好像都在臨時教室上。雖然事隔五十年，可是我對很多老師的印象仍然很深刻。侯家駒兄有次說，眼前的事不記得，過去的事記得很清楚，這是人老的象徵。還好我眼前的事也記得很清楚。我們的國文老師是孫雲遐教授，所用的教材是傅斯年校長時代定下來的《孟子》和《史記》。我至今常讀《孟子》和《史記》，並且常常引用，可能與當時的大一國文有關。有一次孫老師在我作文中寫了幾個字，對文中的一些句子表示欣賞，讓我飄飄然竊喜了好幾天。有一天我們班上余光華同學在〈中央日報副刊〉發表了一篇文章，描寫的是他自己，最後一句大意說：各位如想知道這個糊塗蟲是誰，題目下面的三個字就是他。這篇文章讓光華兄在我們一榜考進臺大經濟系的九十四位同學中一舉成名。

教中國通史的夏德儀教授給我的印象是夏天一襲香港衫，冬天穿長袍，神采飄逸。夏先生對教材的進度掌握精準，往往下課的鐘聲響起，就是他結束講授之時。於是行禮而退，絕不拖延。我後來教書往往逾時不下課，有時候兩堂課中間也不休息，直到很晚才領悟一個簡單的真理，那就是不管老師講得怎麼好，怎麼用力氣，學生最喜歡的仍是準時下課。夏老師有次上課忽然問道：三藏是哪三藏？我們八、九十人面面相覷，只有薩公昭回答是：經、律、論。薩公昭是我們法學院院長薩孟武先生的女公子，果然是家學淵源。薩公昭後來轉到政治系和錢復兄、袁頌西兄同班。多年之後我在法學院授課，恰好和薩先生同一時段，每次在教員休息室相遇，薩先生都問我：你是哪一位呀？我就恭恭敬敬的說：我叫孫震，我在經濟系教書。我看他沒有什麼反應，就再加上一句：我和薩公昭、袁頌西是同班同學。於是老人家微笑點頭。

經濟學原理是我們經濟系奠基的課程。授課的教授鄭學稼先生是一位博學多聞的才子。他每次上課我們的大教室都爆滿，往往窗外也有人旁聽，鄭先生講課滔滔不絕，不論講什麼主題都歸結到對當時的保護政策和主張保護的政府首長徐柏園先生的批判。我們聽他講起來頭頭是道，我們也聽得津津有味，只是一年下來，對經濟學的基本觀念仍然茫無所知。如果我們到四年級再聽鄭先生的課，一定獲益更多。鄭先生指定汪洪法先生的《經濟學原理》為參考書，我耐著性子一字不漏讀了一遍，也是不知所云，只好自責根基淺薄，決心以後更加努力。

我自己沒有在普通教室上過課，但對普通教室的維護盡了一點棉薄之力。由於拿「清寒獎學金」有工讀的義務，第一學期我和于宗先、丁介文被指定清掃普通教室當中的一間，因而在眾多同學之中有緣最先認識了宗先和介文。

于宗先在大學時用法天的筆名寫詩，是有名的詩人。畢業後到政治大學新聞研究所念了一個碩士，出國後回歸經濟學本行。他於民國五十五年從印地安那大學獲經濟學博士後返國服務，先後擔任中央研究院經濟研究所副所長、所長、中華經濟研究院院長，同時也在臺大經濟研究所教書，民國七十七年當選中研院院士，對臺灣的經濟發展、人才培育和經濟學術水準的提升有很大的貢獻。宗先從中研院與中華經濟研究院退休後，仍然努力推動經濟研究工作，把他負責的財團法人中國企業經濟研究所辦得有聲有色。

丁介文在我們班上是才女。她赴美後成為電腦資訊專家，功成名就，又去念了一個博士，後來榮任「美國再保險公司」副總，幾年前獲全美保險業傑出女企業經理人獎。

這一切都是當年我們在普通教室一起掃地和擦黑板時所未想到的。

經濟學中繁花似錦

二年級起，我們在法學院上課，有一種回到家裡的歸屬感。法學院那時大致仍保持日本時期的舊觀。和校地廣闊使新生迷路的校總區比起來，法學院是一個佈局簡單的大院子，院子裡的主要建築只有三棟紅磚二層的樓房。從徐州路的大門走進來，左手邊是莊嚴肅穆的行政大樓，樓上有各系的辦公室和教師的研究室；大門對面隔著院子，是兩排教室，前面的一排樓上當研究室，兩排教室中間有椰子樹和草地。不過我們學生都是走紹興南街或杭州南路的邊門，直接進入教室。教室外有寬廣的走廊，學生們課間在這裡逗留聊天，打發時間。

那個時期法學院的同學應還記得，除了三棟紅磚的主建築外，紹興南街邊門進來，右手邊有一棟木造的室內體育場和福利社，福利社供應簡單的文具和食品，徐州路和杭州南路的角落則有一棟木板二層樓的圖書館，我有一學期在那裡工讀抄寫卡片。儘管增添了這些簡陋的木房子，但整體上並無突兀不調和的感覺。然而過去數十年中，學生和教師的人數大量增加，也增加了新系所，木屋拆除，鋼筋水泥的建築陸續興建，如今的法學院顯得擁擠和凌亂，讓五十年前的老學生們對往日的和諧與寧靜興起無限懷念。我做校長的時候，擴充商學系為管理學院，安置在向國防部收回的土地上。另收購新生南路與辛亥路交接處的「預定地」，規劃為法學院用地。可惜只有國家發展研究所、新聞研究所和社會系遷來。這是我離開校長職務後一項未了的心願。

在法學院，我們開始接受經濟學專業的訓練。當時經濟系尚未設置研究所，其實法學院均未設置研究所。事實上民國四十一年秋我進臺大的時候，整個臺灣只有四個碩士班研究所，共有十三位研究生，四十二學年研究生增加為十六人。因此經濟系課程的設計相當完備，應係假定學生畢業時已具備完整經濟專業的素養，不再進修。經濟系的必修科目包括西洋經濟思想史、西洋經濟史、中國經濟史、統計學、會計學、貨幣銀行學、財政學、國際貿易、經濟政策等，另外還有若干相關的選修課程。不過由於我們大一經濟學原理的根基淺薄，因而能從這些專門科目中獲益的程度，不免受到影響。若干年後我自己教書的時候，常常強調經濟學中一些基本概念的重要性。我的學生們可能難以想像，我在二年級選修華嚴女士的「經濟名著選讀」時，居然問為什麼邊際報酬會有遞減的現象？直到大四施建生教授教「經濟政策」，才為我們補充了一些原該在經濟學原理中得到的知識。

這時華嚴師剛升講師，我們念大一經濟學時，她是鄭學稼先生的助教，每次上課都坐在最後一排，和我們一起聽講。她雖然初次開課，不是很有經驗，不過我覺得漸漸跟隨她走進經濟學這個大花園的門徑。園子裡繁花似錦！華先生選用的教材是羅賓森 (Joan Robinson) 夫人的《就業理論導論》(*An Introduction to the Theory of Employment*)，是介紹當時流行的凱因斯 (John M. Keynes)《一般理論》的入門書。後來我們學生經濟學會將其譯成中文，我也被分配翻譯其中的一章。羅賓森先生也是一位有名的經濟學家。據說他和夫人不是很融洽，一個人住在車房裡。有一次有人打電話找羅賓森夫人，他接了電話說去找找看；過了一會回覆說：對不起，Mrs. Robinson is out of town.

談起華先生自然就想到我的同班好友于宗先和王昌明。我剛才打電話找宗先，想交換一下共同的記憶，不料他到貴陽去了。王昌明在數學系念了三年，重新考大學，和我同榜錄取臺大經濟系和師範學院國文系。我常戲稱：數學系中輟，經濟系主修 (Mathematics dropout, economics major)。大學四年，昌明和我選課幾乎完全一樣。我從來不缺課，上課用心聽講作筆記。昌明不大上課，考試前借我筆記抄一抄，華嚴師的「經濟名著選讀」第一次考試我得了很好的分數，但全班還有一個人多我一分，就是王昌明。大學有人念得很辛苦，有人很輕鬆，不能不佩服。有一陣子，和昌明兄交往多年的女友到美國念書，重聚無期，昌明很煩惱，我常陪他騎腳踏車閒逛。後來發現信義路三段東門市場外小美冰淇淋店，有位女店員很像他女友，我陪他去吃過不少冰淇淋。相信他自己去吃的次數更多。有天晚上，可能是聖誕夜，我們兩個人半夜騎腳踏車，走完延平北路，騎上一座大橋，直下三重埔。

我在經濟系應算很用功的學生，笨笨的上課，笨笨的念書。那時候政府財政困難，大學經費短絀。圖書館很少新書；外文書價格高，學生買不起，也很少書局進口。大二和大三時，系裡不知從那裡先後弄到 Herbert Heaton 的 *Economic History of Europe* 和 Paul Samuelson 的 *Economics* 各十本，我們一班一百多個學生抽籤購買，我兩次都抽中，似乎命中注定我一輩子要靠經濟學安身立命，不能不給我機會買到吃飯的工具。每本書花掉我大約一個月的獎學金，我當時很不捨，花兩個暑假把兩本書從頭到尾一字不漏讀了一遍。雖然費了很大工夫，(偷偷講一句)，好像沒有什麼感覺。後來我念研究所的時候，邢慕寰先生告誡我們不要好高騖遠，應好好念完 Samuelson 的《經濟學》。可是直到後來我念完博士，且到經濟系教研究所的個體理論和總體理論，才發現若干以前總像有點霧裡看花、不甚真切的理論，原來如此，也才發現若干以前以為簡單的概念，原來背後有如此複雜的假定。

我一生當中受很多老師的恩惠，難以細數，自己也不一定都知道。大學時期教我們會計學的李兆萱教授，上課的時候很嚴厲，學生們戰戰兢兢，不知什麼時候被叫起來問問題。後來我做校長時常到馬來西亞訪問僑生，當年商學系的校友都懷念她，我自己也一樣。張果為先生教統計學和財政學，全漢昇先生教西洋經濟史和中國經濟史，楊樹人先生教貨幣銀行和國際貿易，施建生先生講經濟政策，給我們很清楚的現代經濟學的觀念，都讓我很懷念。不過，我此刻最懷念的是遠在洛杉磯的王師復先生。我大二選王先生的「經濟循環」，開始對資本主義經濟循環變動的現象發生興趣，三年級初讀凱因斯的*The General Theory of Employment, Interest and Money*，簡稱《一般理論》，試寫了一篇〈凱因斯的經濟循環理論〉請王先生指點，王先生拿去發表在《財政經濟月刊》，鼓勵我萌生將來要做一個經濟學者的心志。王先生也是我和王昌明等人的導師，我們常到他府上，無拘無束的聊天、吃東西。我後來大學畢業論文、碩士論文、博士論文都寫與經濟循環有關的題目。

數年前我和內人過境洛杉磯，內人與姨妹有約，我則和師復先生一起吃晚飯。飯後師復先生要到旅館看內人，我說不可，當然是她來看老師。師復先生說：不必計較。我今年已是八十八歲，下次不知什麼時候見面。師復先生的長公子天運兄，如今在臺北任美商大都會人壽臺灣分公司的總經理，當年他還在念師大附中，王昌明奉命做他的數學家教。

我在經研所的日子

經濟系當年是臺大第一大系，轉學生不斷進來，最初錄取時不到一百人，畢業時增加到一百四十多人，很多人來不及認識，也許根本沒看過，一下子就又分手了。說到同學相見不相識，從中文系轉過來的高宗魯，在我們《畢業三十六週年紀念集》的一篇大文中有下面一段故事：

……我由留學生講習會的會場出來，聽到後面有人叫我的名字。回頭一看是一個質樸熟悉的面孔，可是我好尷尬，就想不起他的名字。（也許，打一開始我就不知道。）他說：「高宗魯你要去Nebraska?」我說：「是！」他說：「我和簡弘道也去！」分手時，我請他寫下臺灣的家中地址，他真只寫了一個地址。我只好又說：「請把名字也寫上，因為我怕把地址弄混了！」他才寫上鍾桂榮三個字。當我寫此文時，窗外雪花飛舞，不知為什麼突然想到這三個字。……

鍾桂榮是我們班上最早成名的經濟學家，也在我們同學中最早去世。

我們大學畢業後，男同學服兵役，女同學少聯絡，不知行蹤。我因考取經濟研究所，繼續留在法學院念碩士。我是臺大經濟研究所第二屆的研究生，第一屆時代尚稱法學研究所經濟組。我們這一屆進來六個人，和我大學同班有兩位，另有高我們一屆、兩屆和三屆的學長各一位。第二學期休學一位，第二學年張宗鼎到西德念博士，剩下梁國樹、周宜魁、蕭聖鐵和我四個人，一起念到畢業。

記得剛進臺大，薩孟武院長在新生入學訓練時講話，說大學四年學生的特點是「精、靈、鬼、怪」。第一年精明，先弄清楚情況，第二年靈活，第三年搞鬼，花樣很多，第四年作怪，畢業在即開始怪起來，不過已經來不及了。薩先生出語幽默，諷示學生應及早努力，大學四年是轉眼即過的。我則既未精靈，也未鬼怪，規規矩矩、老老實實度過了四年。學生活動只參加過第一年暑假錢復領導的考生服務團，貼標語，出快訊，給考生打氣。我還記得訪問當時的中文系主任臺靜農先生和外文系主任英千里先生。學生社團只有在二年級時參加過經濟學會，總幹事好像是吳得民。不過儘管是書呆型的學生，但畢竟在法學院混了一千多天，而且法學院的規模不大，老師也不多，因此考進經濟研究所時，雖是研究所的新生，卻是法學院的舊人，臺大的資深學生，環境熟悉，師長和同學認識多，心情愉快，和四年前初入臺大時的陌生與緊張不可同日而語。

我進入經濟研究所後第一件大事是申請宿舍。大學四年我都住姨母家，第一年在潮州街，以後在齊東街。齊東街距法學院步行只有五分鐘的路程，誇張一點說，下課可以回家喝口水再來，十分方便。記得大學時我選修王師復先生的外匯理論。王先生初開此課，未備講義，上課時口授，由我們筆記。第二年用我的筆記作參考。有天上午，王先生到齊東街找我甚急，原來他馬上要上課，但我有一段筆記字跡潦草，使他困惑。

那年暑假，畢業生紛紛搬離宿舍。同學在紹興南街男生第四宿舍為我佔了一個床位，要我趕緊搬進去。第四宿舍和法學院只有一街之隔。我覺得光是搬進去沒有合法地位，整理好桌椅鋪位立刻到校總區訓導處生活輔導組辦登記。那時研究生很少，有點稀奇。主辦教官對於我先斬後奏未予深究。我記得他在有關文件上寫「查該生……」，又覺「生」字或有不妥，改為該「員」。

那時臺大經濟研究所的課程尚未與國際「接軌」。第一年我們在前輩師長的指導下，研讀經濟學古典名著，包括亞當·史密斯 (Adam Smith) 的《國富論》、李嘉圖 (David Ricardo) 的《政治經濟學與租稅原理》、馬爾薩斯 (Thomas R. Malthus) 的《人口論》……等等。教授只有第一天來上課，指定著作和章節，由我們自己讀，學期結束時交讀書報告，據以評分。所以我對後來很多經濟系的學生都不再讀的古典名著可算較為熟悉。不過如在研讀過程中有名師指點，必會有更多的領悟。

有一次我們和張漢裕教授一起聊天，談到李嘉圖有名的地租論。大學時代，我們在西洋經濟思想史中學過地租論，進了研究所後又精讀原典，寫過報告，記憶猶新。李嘉圖的名句 "Corn is not high because a rent is paid; but a rent is paid because corn is high."（穀價騰貴非因支付地租，支付地租卻因穀價騰貴。）我至今可以不假思索，琅琅上口。然而我們枉讀經典，竟以為李嘉圖的地租論只是觀念性的理論，無關現實與政策。經過漢裕師解釋才知道，當時英國穀價上漲，一般人都以為係因地租太貴，主張降低地租，可是李嘉圖認為不然。由於人口增加，耕種次級土地，生產一單位穀物所需投入的勞動成本提高，因此穀價上漲，致使較好等級土地的地租增加。因此地租增加使穀價上漲是倒因為果的說法，降低地租也不是使穀價下降的正確政策。

我讀經研所時，張漢裕先生是經濟系主任兼研究所所長，並教我們西洋經濟史。他用英譯韋伯 (Max Weber) 的《基督新教倫理與資本主義精神》(*The Protestant Ethic and the Spirit of Capitalism*) 為課本，要我們譯成中文，每人負責一章，於上課時逐句逐字討論。翻譯比寫報告困難主要因為一句不懂都不能跳過，何況韋伯的這本大作是有名的「天書」，譯為英文更增加了模糊和難度。加以漢裕師認為一、作者安排文字的先後常有其含意，不可隨便變更，二、中文原無括弧，甚至沒有標點符號，用括弧顯示文字功力不夠，應盡量不用，使我們的翻譯工作難上加難。不過我們得到的訓練也受用無窮。

我有時覺得漢裕師的要求也許太嚴格了，不過至今翻譯和寫文章都努力守住漢裕師當年要求的原則。

我感到漢裕師在古典名著中特別欣賞馬夏爾 (Alfred Marshall) 的《經濟學原理》(*Principles of Economics*)，尤其是第八版序對經濟成長（進步 progress）之生物學性質與方法論的討論。有一次我到漢裕師府上，他正在看馬夏爾的《經濟學原理》。他看起來滿心喜悅，一見我就說：「看一遍有一遍的益處！」

由於漢裕師特別欣賞馬夏爾，所以我遇到重要觀念，也會翻一翻《原理》，看馬夏爾怎麼說，以求得到啟發。羅賓森夫人說："Every thing can be found in Marshall, even the General Theory." 誠然不虛。近年大家講「知識經濟」，知識經濟成為經濟和管理界的顯學，我也趕時髦，跟著大家講。我查了一下馬夏爾的《原理》，發現如今大家所說的知識與經濟發展的關係，馬夏爾都說過了，而且更完備。不過馬夏爾的時代，以他的《原理》第八版為基準算，去今已經八十多年，經濟學畢竟有了很大的進步。以往概念性的描述發展為可數量化的變數與函數關係，成立模型 (models)，獲致可預測的結果。不過正如馬夏爾所說的：「經濟學者的聖地 (Mecca) 在經濟生物學 (Economic biology)，不在經濟動力學 (Economic dynamics)。而生物學的概念比機械學的概念更複雜……。」總有若干重要因素在模型化和數量化的過程中失去。

我於經研所二年級時和梁國樹一起受聘兼任經濟系的助教，負責系裡的行政工作。白天坐辦公室，晚上國樹兄回家，我留在辦公室念書。我和國樹兄也負責系裡的圖書採購和保管。這時學校財務漸有改善，圖書經費分到系裡我們就要開書單找書商，十分忙碌。不過系裡的新書我們也有機會先讀為快。差不多每天晚上我都在系裡讀書到深夜才回宿舍，不辜負一天的寶貴時光，內心感到充實快樂。

我們畢業後，蕭聖鐵從羅徹斯特 (Rochester) 大學拿到博士，到科羅拉多 (Colorado) 大學教書，周宜魁獲印地安那 (Indiana) 大學博士，回國教政治大學，國樹和我也各自完成學位，繼續留校任教。

惜春最是白頭翁

今年是我自臺大經濟系畢業四十六年。十年前我們畢業三十六週年時，北美同學聚會於洛杉磯，會後乘郵輪從墨西哥海岸作七日遊，並出版《畢業三十六週年紀念集》，有很多雋永感人的文章。毛幼琪在〈相聚不易，別也依依〉一文中，描寫被多年不見的老同學連名帶姓叫出多年不用的老名字，彷彿又回到「四十年前十八春」的學生光景。現在要稱「五十年前十八春」了。

「韶光易逝人易老」。我們同班同學大都從工作的第一線退下來。繁華落盡，紅塵勘破，但我對少年時光不能忘情，有時候「夜深忽夢少年事」，醒來惆悵不已。最近我收到老友農工系曹以松教授的《惜閒樓詩集》，其中有〈臺灣大學校園春景〉七言絕句一首，抄錄於下，藉誌懷念：

山茶凝雪杜鵑紅，處處芳菲翦翦風，
花徑椰林聽鳥語，惜春最是白頭翁。

曹教授並註釋曰：白頭翁，鳥名，在此為雙關語。他在同書別處有「白髮滿頭吹更少，紅塵勘破無煩惱……」之句，甚獲我心。

（林秀美編，《從帝大到臺大》，臺大人叢書第一輯，臺灣大學，九十一年十一月）

讀書、明理與做人

在虛擬世界中探索人生

我小時候正值對日抗戰和國共戰爭時期，顛沛流離，不斷遷移，不斷換學校。記得小學六年級讀了兩個學校，初中一年級也讀了兩個學校，而且一在家鄉平度，一在省城濟南。從家鄉時期就認識我的朋友都說我從小就是好學生，但我一點都不記得從小學到初一考試的名次，更不必說成績。我大概直到在青島讀初二才安定下來規規矩矩讀書。所以我看到現在小學和國中的小孩子，課業負擔沉重，每天很多作業，還要上網查資料，寫自己似懂非懂的報告，失去不少童年歡樂，常常懷疑究竟有沒有必要！

小時候雖然學校的功課沒有花很多工夫做，但是課外讀物，所謂閒書，卻讀了不少。我在小學三年級開始看小說。第一本是《西遊記》，第二本是《三國演義》，第三本是《水滸傳》。我覺得《西遊記》是小孩子很好的啟蒙書，可以啟發孩子的想像力和創造力，也提供了是非的標準和人格的典範。《三國演義》稍微艱深了一點，但也不至於太難。這本書所塑造的一些人物對後世中國人的影響沒有第二本書可比。赤膽忠心、大義凜然的關公是黑白兩道都崇拜的神明，在臺灣關帝或恩主公的廟到處可見。當然最令人扼腕歎息不已的是「鞠躬盡瘁，死而後已」的諸葛亮。杜甫有詩曰：「出師未捷身先死，常使英雄淚滿襟。」我至今還能記得星殞五丈原時的一段文字：「孔明強支病體，令左右扶上小車，出寨遍觀各營，自覺秋風吹面，透骨生寒，乃長歎曰：再不能臨陣討賊矣！」當年讀到這裡，痛哭失聲。《水滸傳》說的是官逼民反、梁山泊好漢聚義的故事；其中有俠以武犯禁的痛快，但更多世道艱險、奸佞當道、英雄末路的悲哀。

從此我看小說入迷，一卷在手，廢寢忘食。有時候走在路上，想著書中情節，口裡念念有詞。我在小學和初中時期看過的小說，包括傳統的章回小說，如《東周列國志》、《隋唐演義》、《薛仁貴征東》、《薛丁山征西》、《五虎平南》、《羅通掃北》、《精忠說岳》、

《七俠五義》、《小五義》、《鏡花緣》、《儒林外史》、《彭公案》、《施公案》、《三俠劍》……等等。《三俠劍》有勝英打澎湖和臺灣的故事。因此我很小的時候就知道臺灣。前輩學者費景漢先生有次對我說：「我考考你。黃三太是哪裡人？」黃三太是《三俠劍》主角勝英的愛徒，後來鏢打竇爾墩的黃天霸的父親，我信口答應：「紹興府。」他說：「錯！」賣了半天關子才揭曉答案是臺灣永和人；又說他和劉大中先生打過賭，劉先生也說是紹興人，結果劉先生賭輸了。費先生的說法我沒有去考證，但寧願相信，我過去住臺北市，現在住板橋市，都是永和的近鄰。我來臺灣轉眼五十多年，這是當年讀《三俠劍》，嚮往老勝英魚鱗紫金刀、飛鏢三支、甩頭一子，完全沒想到的。

這段時期我看的小說還包括民初社會言情小說如張恨水系列，武俠言情小說如王度廬系列，武俠技擊小說如鄭證因的《鷹爪王》、白羽的《十二金錢鏢》，武俠神怪小說如還珠樓主的《蜀山劍俠傳》、平江不肖生的《江湖奇俠傳》，三十年代的新文藝小說如茅盾、巴金、老舍，以及那個時期的一些文學家如魯迅、朱自清、俞平伯、郁達夫、冰心等。翻譯小說我也看，可惜在洋腔洋調的干擾下，不容易進入情況。不過我在臺灣讀高中的時候，我們的物理老師王昌福先生有次說：他身後只想留給孩子一件遺產，就是兩果的《悲慘世界》。讓我大為感動。

雖然通常都將小說當作閒書看，可是我越來越不這樣認為。我覺得看小說是從虛擬世界所設計的各種不同人物和情節中尋找人生的價值和方向。我也不敢輕看通俗文學的價值。《水滸傳》經過金聖嘆和胡適等人品題，成為經典名著。梁實秋談影響他最多的書，第一本就是《水滸傳》。我覺得通俗小說中還有很多未經大師發掘品題的傑作。我小時候看《紅樓夢》時，並不知道當時以及直到如今眾多《紅》學專家所賦予它在文學上的地位。

知識優越與道德優越

希臘的哲學家亞里士多德認為倫理或道德應從歷史文化我們所敬仰崇拜的聖賢豪傑中學習。亞里士多德將美德 (virtue) 或卓越 (excellence) 分為兩類，一類是知識上的優越 (intellectual virtues)，可學而得，另外一種是道德上的優越 (moral virtues) 不是看了就能做到，只有從持續的踐履中得到。這讓我想起司馬遷的《史記．孫子吳起列傳》中對吳起的評論：「能行之者未必能言，能言之者未必能行。吳起說武侯以形勢不如德，然行之於楚，以刻暴少恩亡其軀，悲夫！」

我雖然從小說和文學作品中得到知識和享受，有快樂也有哀傷，但是得到最多的仍然是人格的陶鑄和價值體系的建立。真正的知識，有系統的知識，特別是專業的知識，還是要靠正規的學校教育以及嚴格的學術訓練所培養出來的思維體系（filing system）和分析方法，從不斷學習與思考中得到。

我念大學的時候很用功，上課用心聽講，作筆記，課後溫習一遍，讀指定的著作。我從讀高中直到拿博士從來沒有缺過課，認為這是作為一個學生最低應盡到的責任。

我在臺大讀研究所的時候兼系上的助教，也管系上的圖書，並負責填書單，買書，新書進來後按系裡自己的分類編目，因此很多新書有機會先讀為快。那時候我每天吃過晚飯，回系辦讀書，直到深夜。後來法學院的事務組大概為省電和安全，管制燈火，規定每晚十一時熄燈。我去找事務組主任，主任不理會。又去找院長薩孟武先生，薩先生四兩撥千斤，笑嘻嘻的用他有名的福州國語說：「我、我、我大官不管小事。」薩先生是有名的演說家，他口吃，大家都說他每說到關鍵之處，口吃起來，引得聽眾聚精會神，屏息以待，往往是他演講最精采的地方。

我小時候大人常說讀書為明理，包括做事之理與做人之理。做錯了事大人會罵：「你讀書讀到狗肚子裡去了？」孔子說：「弟子入則孝，出則弟，謹而信，汎愛眾，而親仁；行有餘力，則以學文。」在儒家思想中，行為與倫理先於知識。現在經濟成長所憑藉的科技，並非傳統中國知識的主流，而傳統中國也缺乏將知識導向市場生產使經濟持續成長之社會機制。因此經濟學的鼻祖亞當・史密斯（Adam Smith）二百多年前在他的《國富論》（*The Nature and Causes of the Wealth of Nations*, 1776）中說：中國雖然較西方富裕，但自馬可波羅東遊中國，驚見中國之繁榮，五百年來未有顯著之變化，而西方則快速進步，後來居上。

技術停滯，生產力無法提高，人口增加使社會日愈貧窮。在停滯的經濟中，個人追求知識，無助於社會全體之就業與所得增加。而一定的平均每人所得水準有一定的需要結構，大致決定了社會人力的運用與分配。我還記得小時候親戚家的一些長輩，飽讀詩書，精通文墨，雖尚未到中年，但賦閒在家，也許正因為讀了不少聖賢之書，以致不能放下身段，尋找一份社會需要的工作。不過在長期停滯的經濟中，必有不少「隱藏性失業」的存在，一個人找到工作只是使另外一個人失去工作而已。在這種情形下，從社會的觀點看，讀書的目的也許只需強調明理與做人。

經濟成長不能使人快樂，但能使人自由

臺灣在二十世紀後半經濟快速發展，五十餘年間，從傳統的農業經濟，經歷了工業經濟，進入資訊經濟階段，並於一九九七年成為先進經濟（advanced economy）。不僅成長的快速為歷史所無，在戰後所有追求經濟成長的發展中國家中也只有非常少數如以色列、新加坡、香港和南韓可以相比。經濟發展成功的原因細數有很多，但最根本的是人力資本豐富，教育發達，提供了經濟發展所需的人才和知識，而經濟發展也為人才提供了就業和施展抱負、追求理想的機會，彼此形成良性的互動。

經濟成長的特質是生產力不斷提高，使供應現有物品和服務所用的人力減少，多出來的人力可用以提供新增的物品和服務，將滿足提升到更高的層次，因而又產生新的欲望。「人苦於不知足，既得隴，復望蜀。」所以成長和富裕不一定能使我們更快樂，但選擇的範圍擴大，必然使我們更自由。

隨了經濟發展，人生追求的目標改變，人生的態度也改變。在傳統農業時代，物質

匱乏，生活困苦，無法左右自己的命運，故嚮往未來的生命，甚至希望脫離輪迴之苦，勿再墜入紅塵。工業時代，生活改善，追求物質福利，享受世俗歡樂。進入資訊時代，一般物質的需要大致都可獲得滿足，乃得超越物質層次，追求人的價值(human value)。隨了經濟的進步，人生態度從消極、默從轉變為積極、進取；個人與群體的關係包括家庭、企業、機關、國家，從集體主義轉變為個人主義，從曲己從人，達成群體任務，轉變為自我中心，追逐各自的目標。

陶佛勒先生和夫人(Alvin and Heidi Toffler)在他們的《創造一個新文明》(*Creating a New Civilization*，一九九四）中說：工業社會的特質是大量生產、大宗消費、群眾社會、大眾傳媒、集中決策、多數統治、核心家庭，而資訊社會的特質是分殊化、分散決策、小眾傳媒、少數受到尊重、多種家庭形式如單親、再婚、獨居、無子女家庭等。

五十年前我初讀社會學時，婚姻的綜合功能在於建立穩定的兩性關係，便利經常性情欲的滿足；生兒育女，傳宗接代，維持家族和種族的綿延；經營互助合作的生活方式，提高共同的經濟效率與工作效率；發展持久的伴侶情誼，彼此扶持，彼此慰藉，為人生增加支撐力，並產生歸屬感等。而在這些基本的功能中，愛情並非必然的要素。以婚姻為基礎的家庭，其主要功能則在於教養子女，延續傳統，傳遞文化 (pattern maintenance)，消除緊張 (tension release) 與經營共同生活。

對自己有節制、對社會有關懷、對他人有尊重是第一流人

群體的社會意義重大，個體的意志自然受到約制。然而科技進步，生產力提高，個人的自主性伸張，乃不免與若干群體的目標發生衝突。如今不但家庭的形態發生變化，兩性關係的態度也有很大的改變。年輕的世代傾向於將傳統婚姻制度的個別功能最大化，以致綜合功能為之式微。因此有人要婚姻而不要子女，有人要子女不要婚姻，有人要穩定的兩性關係不要婚姻，也有人要性關係而不要穩定的關係。性愛與婚姻分開，與生育亦分開。過去被視為驚世駭俗的行為，今日已司空見慣。我前幾天在〈中央日報副刊〉讀到林奕華的大作〈張愛玲，請留言〉，提到著名的香港女星鄭裕玲說：「我不需要用婚姻來維繫我跟伴侶的關係。」經濟進步使人更自由了。先是從自然的限制中解放出來，然後從制度的約束中解放出來。

現在據說我們即將進入更先進的知識經濟時代了，知識進步，是經濟進步的活水源

頭，一個理想的社會，一個第一流的社會，必然經濟進步與社會祥和同時存在，相輔相成。經濟進步引起群我目標的衝突與群我關係的改變我們必需要了解，更切合現實生活的倫理規範必需要建立，以維持社會的和諧與順利運作。讀書、明理的明理，從傳統強調做人、做事之理，演變到重視自然科技之理。如今早該是自然與人文融合的時候了。

對於個人來說，我們何其有幸，處身於資訊經濟到知識經濟時代，貧窮不再是我們的宿命，甚至可以奢言超越物質欲望的滿足，追求人的價值。讀書、讀好書、讀第一流書，可以是我們實現自我、兼善天下的手段，也可以是我們豐富自我、美化自我、享受人生的途徑。在任何時候、任何地方，永遠存有個人利益與群體利益的衝突。做一個第一流的人，也許不一定有學問，也不一定有很多貢獻，但一定對自己有節制，對社會有關懷，對他人有尊重。

（高希均、王力行編，《一流書，一流人，一流社會》，臺北，天下文化，九十一年六月）

天生麗質難自棄

——領導者的條件與養成

回到舊遊之地

我已經有十年未在臺中市演講，上次在臺中演講是民國七十八年六月十六日逢甲大學的畢業典禮。這次因為好友朱炎兄離開臺大到逢甲任教而再度受邀，感到十分光榮。

臺中市是我在臺灣的第二「故鄉」，我在這裡度過了高中生涯。我讀的學校是宜寧中學，當時是裝甲兵子弟中學，我畢業那年改為私立宜寧中學，我是第二屆畢業生。回想起來當時物質生活雖然很艱苦，但是精神上很愉快。也許日子久遠只有快樂的記憶留下來。宜寧的舊址在大同路七十五號，離臺中公園很近，我們幾乎每天晚飯後、晚自修前都三、五結伴逛公園，同學之間自有說不完的話題。

我們談論最多的是文學。唐宋八大家的文章，歐陽修、蘇東坡的詞。我們喜歡蘇東坡的豪放，喜歡背誦他的〈赤壁懷古〉：「大江東去，浪淘盡，千古風流人物……」，也喜歡「牆裡鞦韆牆外道，牆外行人牆裡佳人笑，笑漸不聞聲漸悄，多情反被無情惱。」有一份失落，一份惆悵。我們也喜歡柳永：「今宵酒醒何處，楊柳岸曉風殘月。」今天晚上朱院長在座，所以我特別想起柳永的名句。

我們談《水滸傳》，談《紅樓夢》，討論宋江究竟是好人還是壞人，林黛玉好還是薛寶釵好。現在想起來也許覺得很無聊，然而當時的確很認真，往往爭得面紅耳赤，可是誰也無法說服誰。

這種樂趣已經很多年沒有了。不過我在臺大時有一天和朱院長在文學院一間辦公室談事情，看到窗外花木扶疏處有一個女孩子，忽然想起晏殊：「無可奈何花落去，似曾相識燕歸來，小園香徑獨徘徊。」

北宋很多有名的文學家都是政治家，晏殊、司馬光、王安石都做過宰相。歐陽修做到「參知政事」，相當於副宰相，他還有一大串官銜。蘇東坡也做過不少官，而且在地方官任上都很有政績，東坡做過密州太守，在那裡寫過〈超然臺記〉。密州緊鄰朱院長的故鄉，所以我覺得特別親切。奇怪的是我們現在只記得他們在文學上的成就，很少記得他們在事功上的成就。當年我如果知道今天到逢甲講「領導知能」，也許就會多注意他們的治績了。不過有兩件事值得我們思考一下。一件是文學上的成就較政治上的成就更能流傳久遠。另外一件是北宋有那麼多有道德學問的人物，為什麼國勢不振？是學者的空言不切實際，還是沒有遇到雄才大略的明君付諸實踐？

意料之外的際遇

我從臺大畢業以後，在母校做助教、講師，出國讀書，念學位，回來升副教授、教授，一心一意只想一輩子做個稱職的教師，從來沒有三心二意，一心以為鴻鵠將至。想不到受政府借調到行政院經濟設計委員會，後改組為經濟建設委員會，擔任副主任委員，負責國家的經濟計畫和經濟政策的研究設計。十一年之後回母校當校長。八年半後再度受政府徵召，任國防部長。現在又擔任財團法人工業技術研究院的董事長。雖然我努力保持單純的心志，過平凡的生活，古人說：「素富貴行乎富貴，素貧賤行乎貧賤」，但是用世俗的標準看，不能不說「歷任要職」。

朱炎兄在給我一本拙著所寫的序文中說，朋友當中我的際遇最奇特，又說我歷經要職，還是原來的模樣，我覺得甚獲我心。在所有我擔任過的職位上，我從未想過領導者要具備哪些條件，因此我不是很適合在逢甲大學「領導知能」學程講話。其實我答應演講時，並不知道要講與領導有關的題目，等知道後，後悔已經來不及了。在我單純的思想中，品德和學問讓人在任何職務中、任何職位上都感到有尊嚴和心安理得。

領導者的條件

領導者就是領頭的人。我的題目用「天生麗質難自棄」，並不是說有的人天生是領袖。我們一生當中，從小孩子時候開始，當領導者也當追隨者。小孩子在遊戲中學習扮演不同的角色。當你逐漸具備領導者的條件時，你就逐漸成為領導者。

領導者要有承擔責任的魄力，有擔當，要有解決問題的能力，要有創意。我小時候，小孩子都念司馬光打破水缸的故事。一個小孩子掉到水缸裡，孩子們都嚇壞了，四散逃走，司馬光打破水缸讓水流出來，救小孩子一命。這裡面有擔當，有解決問題的能力而且有創意。用破壞的手段救人命，在一念之間辨別重要性大小是何等急智和魄力。

領導者要善於運用眾人的長處，而不是一切靠自己。在這方面我們最常聽到的例子是劉邦和劉備。劉邦善用張良、蕭何、韓信的才幹。劉備靠諸葛亮、關羽、張飛、趙雲打天下。我們看一段《資治通鑑》對劉邦的描述：劉邦「愛人喜施，意豁如也，常有大度」。領導者不能小心眼，心胸狹窄，也不能小氣，捨不得花錢。財散則民聚，財聚則民散。劉邦任泗上亭長時，解囚徒到驪山，快到達目的地時，見逃亡者眾，知道無法圓滿完成任務，乃招待大家喝酒吃飯。酒醉飯飽，縱諸囚徒，曰：「公等皆去，吾亦從此逝矣！」我覺得這兩句寫得真傳神，令讀者在千載之後，如見其人，如聞其聲。有不忍離去讓他一個人扛責任，或沒有地方可去的，留下來跟隨他，竟然打下了漢朝的天下。

做一個好的領導者要公正無私，公正無私才能服眾，才能久遠。

還有一點，領導功能要制度化，才會有效率。朱院長和我共同的朋友周腓力先生在一篇文章中說，他小時候到父親的辦公室玩，看到他父親每件公文送來蓋個圖章就送走了。腓力兄就說，原來辦公事很容易，只要蓋個圖章就行了。他父親說，那麼你試試看。於是那天下午就幫父親蓋圖章。腓力兄在文中說，後來想起來，一個機關能做到蓋個圖章就可解決問題，也是不容易的事。

我覺得這次九二一震災，政府救災重建的工作事倍功半，就是領導功能未能制度化。沒有人可以說中央和地方上的首長工作不辛苦，然而事情亂糟糟，衝突不斷，抱怨不斷，主要因為政府的功能沒有制度化，或制度化的情形不理想，而在救災這件事情上尤其如此。人民在震災發生後，雖然捐了很多錢，捐錢的時候急如星火，可是至今沒有用出去。

在生活中與工作中學習

我們在家庭中、學校中、工作中、遊戲中學習，而行為比知識更重要。有擔當，豁然大度，公正無私，方能服眾，尊敬是貢獻和犧牲換來的。我讀過一篇文章，作者說，他和德瑞莎修女同機到紐約領同樣的獎項。兩個人在頭等艙中毗鄰而坐，作者一路吃喝，享受頭等艙的美食美酒，德瑞莎瘦小的身軀，端坐在寬大的座位中，不言不動，大家對她都十分尊敬。下飛機時，矮小的德瑞莎行經之處，一大片人頭都低下去，向她致敬。德瑞莎成名之後，辦事變得很容易，一開口就有人做了，各地方的捐款源源而來，我們一般人則必須經歷很多困難和挫折，甚至屈辱。然而德瑞莎並非一開始就這麼方便，我想她一定也經歷很多困難，用她的無私、奉獻和犧牲，贏得後來的尊榮，然而尊榮不是她的目標，幫助世界上最貧苦不幸的人，才是她的目標。我有一次在花蓮的慈濟醫院參觀，忽然看到走廊一路上的人都合十躬身行禮，原來是證嚴法師含笑緩步而來。我想臺灣的證嚴法師也和印度的德瑞莎修女一樣，勤勞節儉慈悲奉獻而受到尊敬。

臺灣香火最盛、最受信眾膜拜的神仙是媽祖和關公，若說他們在世間的事蹟，媽祖是孝，關公是義，他們都為他們立身處世的目標喪失了性命，而他們的聲望也到達頂峰。尊敬與貢獻、犧牲呈正比。無功而位尊，無勞而奉厚，是靠不住的。

先父在世的時候常常為我擔心，他覺得我太寬容了。

他有一次說：「你看那些嚴厲的長官，不苟言笑，要求嚴苛，偶爾關切一下，部下就感激得不得了；而那些寬厚慈祥的長官，偶爾嚴厲一點，部下就懷恨在心。」他的話可能很對，但是我從來未去學習，我固然不願意有人懷恨，但也不想讓人感激。我想領導的風格沒有統一的模式，而不同的情勢可能也需要不同的作風。《論語》：「齊景公有馬千駟，死之日，民無德而稱焉。伯夷叔齊餓死於首陽之下，民到于今稱之！」領導的一些身段也許有幫助，然而做人的格調和風範應該更重要。我說這樣的話，在今天也許不合時宜了。

西哲說：「不要擋著我的陽光。」

讓我再引用《資治通鑑》中一段故事：子擊遇田子方於道，子擊下車行禮，但子方傲然不以為禮。子擊怒，曰：「富貴者驕人乎？貧賤者驕人乎？」子方曰：「亦貧賤者驕人耳，富貴者安敢驕人？」他說，國君驕人則失其國，大夫驕人則失其家。「夫士，貧賤者，言不用，行不合，則納履而去耳，安往而不得貧賤哉？」（〈周紀〉）我覺得這段文字真生動，尤其是「言不用，行不合，則納履而去耳。」也許太率性了一點。人有了本事才有資格率性，不過，有了本事還要有修養，也不需要太率性。

三句話不離本行，我的本行是經濟學，所以想談一下經濟發展。經濟發展最大的貢獻是使生產力提高，生產原來的產品、做原來的事需要的人力減少，因而有越來越多的人，生產更多的東西，做更多的事，提供更多的服務，創造一個日愈複雜化、多元化的社會，有眾多的機會讓我們依照自己的喜好去選擇。我們可以選擇做大官，也可以選擇不做大官。我們可以選擇做大事，也可以選擇不做大事。我們可以選擇服千百人之務，也可以選擇服一人之務。我們可以選擇為領導者，也可以選擇不為領導者。古時候希臘有一位大哲學家狄奧珍納斯，他過著簡單的生活。他的財產只有一只木桶和一只木碗。有一天看到一個小孩子用手捧水喝，忽然領悟那只木碗也是多餘的。亞歷山大大帝征服波斯回來，躊躇志滿，帶了一大群將領前呼後擁去看他，狄奧珍納斯正坐在桶前曬太陽。亞歷山大說：「你有什麼需要我幫忙之處嗎？」狄奧珍納斯看了他一眼說：「不要擋著我的陽光。」真是貧窮（而不是貧賤）驕人，夫安往而不得貧窮哉？何況經濟高度發展後沒有貧窮。

最後，讓我引用林太乙女士《林語堂傳》中的一段話，作為今天晚上演講的結束。林語堂曾經說：「做文人而不準備成為文妓，就只有一途，那就是帶點丈夫氣。說自己胸中的話，不要取媚於世，這樣身分自會高。要有點膽量，獨抒己見，不隨波逐流，就是文人的身分。所言是真知灼見的話，所見是高人一等的理，所寫是優美動人之文，獨往獨來，存真保誠，有骨氣，有識見，有操守，這樣的文人是做得的。」（頁三五二）

我和各位老師、各位同學共勉！

（八十八年十二月二十二日〈聯合報副刊〉）

人情練達即文章

陳陵援博士《職場照妖鏡——紅樓、水滸、三國人物重現江湖》的故事，在工業技術研究院能源與資源研究所的月刊《緣》連續發表時，是我服務工研院期間最喜歡讀的小品文字。一個重要的原因是陵援兄所取材的小說，正是我自小以來最喜愛的讀物。我從小學三年級開始看小說，第一本是《西遊記》，第二本是《三國演義》，第三本是《水滸傳》，初中時期開始涉獵《紅樓夢》，但每次都因為不耐煩，難以終卷，直到高中才讀畢全書，可以參加同學之間的討論。

《西遊記》小時候讀過之後很少再讀，《三國》、《水滸》和《紅樓夢》，則常常重讀若干章回，對其中若干情節欣賞之餘也有很多感動和感傷。甚至書中一些文字至今尚能記誦幾句。我常說，一國文化所賴以凝聚的一些價值，固然為聖賢垂訓，但主要靠小說和戲曲中的人物，塑造正面或反面的典型，才得以普及流傳。文學家動念落筆，關係世道人心，可不慎乎？讀陵援兄的大作讓我感到慚愧，因為我從來沒有像陵援兄一樣用心看小說，從中體會、引申出很多人生在世成就事業、追求幸福的道理。陵援兄的大作讓我想到古人所說的：「世事洞明皆學問，人情練達即文章。」

我體會陵援兄寫這一系列大文的主要期許，是援引古典通俗小說的人物，諷示所有「工研人」，特別是能資所的同仁，如何做一位成功的科技工作領導者。不過他的告誡實具有普遍的適用性，對於我們平日為人處世同樣有重要的示範價值。細讀陵援兄的大作，我歸納出以下八項原則：思慮宏觀，察納嘉言，勇於負責，樂於授權，心胸寬廣，與人為善，尊重知識，力學不倦。我也用這些原則檢討我自己。

思慮宏觀

陵援兄對領袖人物最重視宏觀的規劃，而不是察察為明，在小地方計較。前者的代表性人物如劉備、諸葛亮和孫權，後者的典型人物如《紅樓夢》中賈府的王熙鳳。陵援兄特別推崇劉備三顧茅廬和諸葛亮初見，討論的不是如何應付曹操強勢的兵力，也不是如何攻城掠地，而是所謂「隆中對策」，決定西取巴蜀和曹操、孫權形成鼎足而三的局面。孫權也是在小地方忍讓，避免因爭奪荊襄致動干戈，以維持聯蜀拒魏的最高戰略。可惜關羽不顧諸葛亮東和孫權、北拒曹操的叮嚀，兩面作戰，以致失荊州，走麥城，兵敗身死，最後竟導致蜀漢的覆亡。

陵援兄如容許我稍加引申，諸葛亮南伏孟獲，北出祁山，也可以說是宏觀規劃。不過諸葛亮於取得巴蜀之後，不將政治中心放在荊州，而退守西蜀，未能經營荊襄一帶資源，逐鹿中原，用現在流行的語言說，似乎是捨積極性思考而採消極性思考，自始未將自己置於進取的地位。因此在失去荊州之後，以「益州疲敝」的薄弱資源而言，自然會有：以先帝之明，量臣之才，故知臣伐賊才弱敵強也。然不伐賊王業亦亡，惟坐而待亡，孰與伐之，「知其不可為而為之」的慨歎！《孫子兵法》：「勝兵先勝而後求戰，敗兵先戰而後求勝。」可以動員的資源貧乏，而自荊襄入川的人才凋零，迫使一生謹慎的諸葛亮走上孤注一擲、冒險求勝的道路。如果我們將蜀漢的命運和明鄭相比，鄭成功兵敗南京，棄守金、廈，退居海上，從此自顧不暇，再無北伐中原的雄圖了！

察納嘉言

孔子說：「三人行，必有我師焉。擇其善者而從之，其不善者而改之。」不論領袖人物或我們一般人，聽取智慧的語言，增益己所不能，或幫助我們作決定，是個人成長與事業成功的重要因素。以前臺大法學院院長名政治學家薩孟武教授曾指出，《西遊記》中玉皇大帝總是在聽取諸仙的建議後說「依卿所奏」。不過在意見紛紜中作正確的決定，需要高明的見解和睿智的選擇，不是容易的事。唐初名臣房玄齡長於謀略，杜如晦長於決斷，「房謀杜斷」，幫助唐太宗成就了歷史上有名的貞觀之治。在三國人物中，陵援兄最稱許劉備聽信諸葛亮、孫權聽信周瑜、魯肅和陸遜的意見，所以能夠克敵致勝鞏固基業。然而劉備後來竟不聽諸葛亮的勸阻，執意興兵伐吳，為關羽和張飛報仇，致被陸遜火燒連營，使西蜀在喪失荊襄之後，復大傷元氣，埋下了諸葛亮六出祁山終於無法成功的遠因。我們看到很多歷史上和當前的政治領袖，在其事業發展的初期，謙恭下士，從善如流，及至功成名就，勝利沖昏了頭腦，自以為天縱英明，不能接受別人的意見，忠言逆耳，自己的意見成為唯一的意見，正是失敗甚至身敗名裂的開始。

勇於負責，樂於授權

長官勇於承擔責任，部下才樂於效力，勇往直前；授權才會發揮組織的效力，使人盡其才。英明領袖最重要的決定就是找到適當的人選，充分授權，如劉備找到諸葛亮，孫權找到周瑜。不過知人善任豈是容易的事！聰明如諸葛亮尚且誤用了「言過其實」的馬謖，致有街亭之失，被迫演出「空城計」，誤了北伐的大事。因此陵援兄在他的大作中，只稱讚諸葛亮的勇於負責。諸葛亮在街亭失守，北伐無功後，立刻負起敗戰的責任，上書幼主，自貶武鄉侯。即使諸葛亮認為有知人之明的劉備，何嘗不是誤用了關羽鎮守荊州，致為呂蒙「白衣渡江」所乘，動搖了國家的根本，注定了蜀漢覆亡的命運。陵援兄雖稱王熙鳳是「管理天才」，在他的大作中兩論王熙鳳的管理才能，但王熙鳳既無宏觀的思慮，又缺乏寬廣與人為善的胸襟，衡量她的品格和為人，賈府對她過度授權，終非管理的良好典型。

心胸寬廣，與人為善

三國人物中，劉備和孫權屬於心胸寬廣、待人寬厚的領袖，曹操則「心胸狹小，疑心重」，不能容納比自己更有才智的人，輕率誅戮部下，屬於反面的典型。從深受儒家思想影響一向重禮輕法的中國傳統觀點觀察，寬厚者反而是失敗的一方，心狠手辣者卻往往佔據優勢，而終致成功，究竟給予我們什麼教訓？我記得小時候看《三國演義》，看到星隕五丈原，諸葛亮扶病夜巡兵營，自覺秋風吹面，透骨生寒，乃長歎曰：「再不能臨陣討賊矣！」不禁淚流滿面，覺得道消魔長，天理何在！從另外一個觀點看，曹操領導的方式猶如今日公司組織的董事長兼總經理或CEO，親自指揮公司運作，劉備和孫權則是任命一位能幹忠心的總經理，自然需要不同的風格和手段。不過即令如此，我仍然相信誠信寬厚是做人的原則，也是領導的正規，而在民主法治社會個人權利受到基本保障的今天更是如此。

《紅樓夢》中的鴛鴦和平兒都是心胸寬廣、與人為善的典型。她們雖然只是賈母身邊和鳳姐身邊的丫頭，但行事為人受人尊敬。不像現實社會若干權貴身邊的人物，仗勢欺人，作威作福，不但自身背負罵名，也為主子招惹是非。陵援兄在《紅樓夢》的眾多人物中，特別加以分析，他的弦外之音，是我們該深切體會的。

尊重知識，力學不倦

在一個組織當中，特別是從事科技研究或知識工作的組織之中，領導人以及同儕之間，彼此尊重，尊重知識，尊重彼此的專長，才能形成一個和諧融洽的工作和生活環境，充分發揮眾人的才能，達到組織的目標，而個人也隨著團體一起成長，或者說個人的成長形成了團體的成長。作為科技或知識機構的領導者，尤須勤學不倦，日新又新，走在知識的尖端，才能讓同儕心悅誠服。

民國八十九年七月中旬，我到美國探親旅遊。這是我四十年來第一次真正度假。陵援兄的文稿是我攜帶的唯一讀物。閱讀這本大作給我很多樂趣，也得到很多啟發，真可以說獲益良多。我希望本書的讀者們有和我一樣的豐收。

（序陳陵援，《職場照妖鏡》，臺北，漢光文化，八十九年十一月）

要怎樣收穫先怎樣栽

一

趙麗蓮教授離開我們已經十一年。趙麗蓮教授文教基金會在五年前就決定舉辦一系列「學習英語」演講，並且將講稿結集出版，以紀念這位獻身英語教學「鞠躬盡瘁，死而後已」的偉大教師。

趙麗蓮女士是臺大外文系的教授，但她不同於一般學院派的教師而享有普遍的聲譽，廣為社會大眾所尊敬，主要由於下面幾個原因。第一，她畢生獻身教育，以普及英語為己任。她不僅是一位盡職的學者，而且熱心參與推廣教育，一心一意希望提升臺灣的英語水準。正如程建人部長在他的演講中所說的：「像我們那個時代，所有的學生大概都收聽過中廣的空中英語教室，也看過當年的《英語學生文摘》，多多少少都受到她的影響。」直到後來她從臺大外文系退休，甚至自知身染不治之疾，依然鍥而不捨，繼續在外面兼課，並且在家中教小孩子英語。

第二，她不僅是一位一等一的經師，而且是一位偉大的人師，她以素直的心，坦率的語言，簡樸的生活，活出我們這個日趨功利的社會最缺乏、最需要的正正當當做人的典範。她在一九六四年五月對外文系應屆畢業同學上最後一堂課時，有下面一段臨別贈言：

> 不要過分追求金錢和權勢……，金錢是重要的，但是絕不值得我們以最大的能力去追求……。為什麼不讓我們每人只希望好好地盡到自己崗位上的職責呢？在這國家危難之秋，我們每個人努力的目標，該是力求把分內的工作做得盡善盡美。

她對過去的一些學生為了追求金錢地位以致迷失自我，感到十分痛心。她雖然生活清苦，但樂於助人。朱炎教授在他的演講中有下面一段話：

> 趙麗蓮老師的英文比一般歐美人士都純正悅耳。西洋文學名著經她詮釋，就讓人覺得意味無窮。後來才知道她最愛濟助窮苦學生；可是，我當時為什麼不知道向她求援呢？至今我仍感到遺憾。如果我讓她了解我的苦楚，古道熱腸、滿懷仁慈與理想的趙老師，必然會助我跳出窮苦，把更多的心思與精力，用在課業上。

第三，她是一位愛國者。趙教授的母親是美國人，父親是中國人。趙教授雖然有外國人的血統，但她一生熱愛中國，在國家危難的時候，堅定的和中華民國站在一起，屹立不搖。

趙教授對國家有很多貢獻，但我總覺得國家對趙教授很少照顧，就像對其他若干品德高潔的學者很少照顧一樣。我們怎能責怪社會日趨功利而人情日愈澆薄呢？我隱約感到趙教授在晚年仍然教學不輟，不得休息，固然是由於她對理想的執著，恐怕也不是完全沒有生活上的考慮。

二

這本書中的十位演講人是我們所能請到的最理想的人選。其中錢復先生和程建人先生都做過外交部長和駐美代表，錢先生、程先生和邵玉銘先生都擔任過行政院新聞局局長，也是政府的發言人，錢先生擔任過陳副總統、兩位蔣總統和李總統的英文翻譯，馬英九先生也擔任過蔣經國總統和李總統的翻譯。

正如錢復先生所說的，翻譯工作不僅要精通兩方面的語文，還要有廣博豐富的知識，聽得懂南腔北調的口音，用字要妥切得體，符合當事人的身分，真是談何容易！聽說陳副總統辭修先生的青田國語很不容易懂。陳副總統剛到臺灣時，擔任東南行政長官公署的長官。有一個笑話說，有天陳長官回到家中，老太太很高興的跟他說：我現在的國語大有進步了，剛才有個人在無線電裡用國語演講，我每個字都能聽懂。陳長官對母親說：那個人就是我啊。

吳京先生多年在美國大學教書，他雖是中央研究院院士，常常返國協助國內學術發展，但直到後來被推選為成功大學校長才回國任職定居，後來出任教育部長，他的英文造詣當然不在話下。

其餘五位都是國內最有名的英文教學名師。余光中先生是繼林語堂先生之後，世界筆會中華民國筆會的會長，朱炎先生是現任的會長。我做臺大校長的時候，朱炎兄是文學院的院長，直到現在我有些比較重要的英文文件仍送請朱炎兄修改。雖然我在送給他之前已經字斟句酌，以為應該不會有問題了。可是一經他指點，才發現自己錯失和不妥的地方，真是學問沒有止境！

李振清先生過去是師大英語系的教授，也在臺大外文系兼課。他在回國出任教育部國際文教處處長之前，有多年擔任我國駐美代表處的文化參事和文化組組長。在他奉調返國前夕，馬里蘭大學校長為他設宴餞行。那天晚上我恰在華府，也應邀與會，看到他受到美國大學學府的禮遇，聽他流暢生動的演講，覺得與有榮焉。

黃碧端教授和彭鏡禧教授都是我素所欽慕的學者。黃教授曾任中山大學外文系主任，暨南大學外文系主任，借調教育部任高教司司長，最近期滿重返埔里暨大教壇，我們有很多相處的經驗。我也是她的專欄忠心的讀者。我常想，黃教授昔在臺大讀政治系和政治研究所碩士班，後來改行從美國威斯康辛大學獲文學博士，成為中英文兼精的文學家，這當中需要多大的努力和才華。彭教授是臺大外文系教授，曾任外文系主任，他是英詩權威，他的英詩中譯生動傳神，令我嚮往不已。

現在，這十位名家一起在這裡現身說法，訴說他們學英語及其他外語的寶貴經驗，告訴我們如何學好英語，作為讀者，我們真是何等福氣。在本書中，我們不僅可以讀到學英語的途徑，也可以學到做學問和做事的道理。這本書的書名叫《十分精采》，緊扣著十位國內頂尖的名家，不是沒有道理的。

三

趙麗蓮教授文教基金會董事會推派我為本書寫序，老實說，我並非全無怨言。然而為了寫序，使我有機會細讀本書的文稿，而且順便做了一些校訂的工作，真是獲益匪淺。雖然錢復先生在演講中叮嚀我們取法乎上，僅得乎中；因此學英文必須設定高標準。然而我不得不說，畢竟只有少數人才能到達這本書中十位名家那樣的境界。希望我們一般程度的人不要有挫折感。讓我們「雖不能至，心嚮往之」。

我覺得臺灣的英語教學有很大的進步，四十多年前我在臺大念大學和研究所時，雖然參考書大都是英文，而我也算用功，但是初次出國簡直無法應對。現在的學生很多在大學甚至高中時代已可用英語交談。不過衡量我們在中學六年、大學一年花在英語課程上的時間，我們的成績並不十分理想。同時考慮臺灣追求國際化、全球化的努力，我們在語文上還有很大進步的空間。

雖然胡適說，要怎樣收穫先怎樣栽，學英語和學別的東西一樣，下多大功夫就有多大成果。但是語言教育專家應可告訴我們，如何更有效的學習，使同樣的投入有更多的產出。不管這種學習的方法是什麼，在我外行的看法，如果沒有紮紮實實的熟讀若干篇好文章，沒有經常開口練習，只是反復背誦幾本薄薄教科書上的短文，是無法學好英語的。

希望本書十位名家學英語的經驗能幫助我們的讀者，提升學習英語的效率，和使用英語的能力。

（序趙麗蓮基金會編，《十分精采》，臺北，書林出版公司經銷，八十九年十月）

淡泊名利，樹立典型

何凡先生要我為他的散文集《何其平凡》寫序，我覺得是一項榮譽，未經謙辭便欣然同意。

本名夏承楹的何凡先生寫作逾一甲子，自民國三十七年渡海來臺，筆耕不輟，也已經五十多年。他主要的寫作工程，在〈聯合報副刊〉的專欄「玻璃墊上」，從四十二年十二月一日到七十三年七月十二日，共發表了五千五百餘篇，五百多萬字；平均每月十五篇左右，每篇平均將近一千字。他的讀者遍及海內外，早期尚在學生時期的青少年讀者，如今應多已進入高年。

我和何凡先生從未正式認識，不過何凡先生應會合理想到，我也是他長期的讀者。

我不僅是何凡先生的讀者，而且是他的夫人林海音女士的讀者。我還記得四十多年前初讀她的《城南舊事》，隨了聰慧、善良、滿懷同情心和好奇心的小英子，回到她北京童年記憶時的感動。當「爸爸的花兒落了」，十三歲的英子提前結束了童年的美夢，勇敢擔負起家庭的責任，照顧寡母，帶領弟妹，在艱難中奮力向上。

然而如果不是煥文先生英年早逝，林海音念完初中以後應會繼續念高中，升大學；可能不會去讀世界新專，不會到《世界日報》工作，因而也不會認識何凡，並且共用一張辦公桌，成就了一段美好姻緣。

何凡先生具備一切令人羨慕的條件。他出身書香家庭，小時候讀北平師範大學附屬小學，由於成績優良，一路保送附中初中、高中，直升北師大外國語文系。他學兼中西，多才多藝。他是溜冰健將、排球高手，又擅長吹口琴，而且都有很高的造詣。他一生提倡運動，並且身體力行，運動也是他筆下的重要題材。

他們來到臺灣後，何凡先生應邀到《國語日報》工作，先後擔任編輯、總編輯、社長、發行人，一直到民國八十年七月退休。在這一段時期，他還擔任過《文星》雜誌創刊初期的主編，後來又擔任了十年《聯合報》主筆。他白天在報社工作，晚上回家還要寫文章。看起來《國語日報》似乎是他的主業，寫文章是副業。然而單就他為〈聯副〉寫「玻璃墊上」的三十多年而言，正如何凡先生自己在他民國七十九年出版的《何凡文集》序言中所說：「在這三十餘年的寫作期間，除了出國停筆外，因病不能交稿者不過一、二次……」林海音在同書的〈編後記〉中也說：「今年是他八十歲，也是我們結婚的五十週年，我們的寫作興趣並不因年齡而衰退。在臺灣的四十多年，看他每天埋首書案振筆疾書，成了我們一家的習見景象。」其實寫作不是何凡先生的副業，也不是他的兼業，而是他畢生的志業。他學殖深厚，閱讀廣泛，勤於吸收新知，精鍊為源源不絕的文字，貢獻於我們社會的進步。

我常想何凡先生何其幸運，有林海音女士承擔了一切家庭中大大小小的事務，使他可以專心寫作。海音女士總是將丈夫放在第一優先的地位。夏祖麗在為母親所寫的《林海音傳》中有這樣一段感人的文字：

> 多少年來，不論搬到什麼地方，母親永遠把家裡最好的一間房留給父親做書房，她自己用較小的房間。我們小時候，人口多，房子小，父親有間「三疊室」做書

房，母親卻在人來人往的長廊盡頭擺張書桌就行了。

祖麗還說，何凡先生挑食，家裡吃韭菜餡兒餃子時，她一定包一些白菜的給父親，而且先下鍋煮了給他吃；吃涮羊肉時，她一定先為父親涮一些豬肉片、白菜、粉絲，給他弄好一大碗，然後鬆口氣說：「好了，你爸爸那碗弄好了，咱們下羊肉吃吧！」

林海音女士育有三女一男，相夫教子並非輕鬆的工作，然而繁重的家務並未限制她在文學上的成就。她創作豐富，是一位成功的文學家。她擔任〈聯副〉主編十年，發掘並鼓勵了很多後起的作家，為文壇培育人才。她創辦《純文學》月刊，自任發行人和主編。她成立「純文學出版社」，出版好書無數，讓很多人的心血結晶，甚至血淚結晶，得以流傳人間。她熱心、好客、樂於助人。「夏府的客廳是臺灣文壇的一半」，我雖然從來沒有機會到夏府作客，但我從夏祖麗《林海音傳》的一些照片中，看到很多熟悉的朋友，好像自己也置身在若干文壇雅集之中。

要想為何凡先生逾千萬言的作品作一總論，超過了我的能力，也不是我的任務，何況他寫作的範圍極廣，而我讀過的只是其中的一部分。不過「《詩》三百，一言以蔽之，曰，思無邪！」我覺得何凡先生主要的關心，在於我國現代化過程中政府和人民在知識上、觀念上和態度上應有的革新。他觀察社會，糾正偏失，批惡揚善，鼓勵上進，希望有助於社會的進步與生活品質的提升。

這本《何其平凡》收集了何凡先生三十一篇散文，其中三十篇都是《何凡文集》出版以後發表的作品，只有〈運動最「補」〉一文原發表於民國六十六年四月，看似拿來作為本書〈運動篇〉的導言。全書共分四篇，即「浮生篇」、「友情親情篇」、「社會篇」和「運動篇」；追憶浮生舊事，懷念友朋情誼，關心社會話題，而歸結於健康至上，運動最補。不論寫作的主題是什麼，何凡先生的終極關懷總是人生幸福與社會進步。何凡先生文筆流暢，析理清楚，旁徵博引，就近取譬，有梁實秋先生《雅舍小品》的風味，而關懷更為廣泛貼近，常令人於心有戚戚焉。梁實秋先生說：「何凡把我想說的話，從我的嘴裡挖了出來。」

夏府的成員中有六位作家，除了何凡先生和夫人外，還有夏烈、夏祖麗、莊因和張至璋。我雖未刻意去尋求他們的作品，但有幸是他們大家的讀者，夏祖麗小姐為母親寫的《從城南走來——林海音傳》一出版我就購買一本，一口氣讀完。最近為了為何凡先生寫序，又重新翻閱一遍，所幸記憶猶新。不久前我又在〈聯合報副刊〉讀到她和長兄夏烈先生懷念母親的文章，十分感動。夏烈身為工程師而具文學家情懷，應與父母親基因和夏府的生活環境有關。

何凡先生多次提到，他一生只住過兩個城市，就是北京和臺北，夏家來到臺北先借住在東門親戚家，不久因為何凡接受了《國語日報》的工作，搬進重慶南路三段十四巷一號省政府國語推行委員會的宿舍，一住二十五年。《國語日報》最初在植物園，夏家的孩子早期在這裡讀「國語實小」和「實小幼稚園」。夏祖麗在《林海音傳》中回憶，小時候隨外婆林黃愛珍到「明星電影院」（南昌街）看電影，隨父母親「穿過和平西路、廈門街，到了川端橋」，在川端橋下茶座消磨一個晚上，以及到廈門街鐵道邊四川飯店吃飯的快樂往事。而林海音創辦的「純文學出版社」就在離家不遠的重慶南路三段大街上。這些地方恰都在現在愛國西路和羅斯福路一段以南，共同構成了夏家在臺北的「城南舊事」。

這一帶其實也是我家初來臺灣時活動的地方。我的父親戰前在家鄉教小學，抗戰期間投筆從戎打游擊，來到臺灣無以維生，學習打燒餅、炸油條，民國三十年代末、四十年代初，在南門市場和廈門街各開了一家豆漿店，在廈門街豆漿店對面的巷子裡和南門市場對面過羅斯福路的巷子裡各搭了幾間違章建築。他自己住廈門街，祖母住羅斯福路。有一段時期，父親並在川端橋下經營了一家茶座，我在一篇舊作〈和平東路〉中曾回憶，夏日黃昏，順著廈門街到川端橋茶座幫忙的舊事。不知昔日川端橋下、廈門街上，雖不相識，可曾相遇？後來《國語日報》在福州街蓋了大樓，我則因為任職臺大，在福州街二十號的宿舍住了八年，與何凡先生成為近鄰。

臺灣由於以市場經濟的方式發展經濟，導致激烈的競爭。競爭雖然促進快速的成長，使人民生活改善，財富增加，但個人過於熱心追求自己經濟上和政治上的利益，破壞社會規範，導致社會不安。因此我在三十多年前就鼓吹創造更多人生的價值，分散追求的目標，使社會在進步中得以維持和諧。二十多年前，我追隨李國鼎先生倡導群我倫理，也就是第六倫，以規範經濟發展、政治民主與社會多元化後的人際關係。何凡先生的大作有很多和我們的看法相同，讓我們感到吾道不孤，而願意繼續努力下去。

何凡先生自己也為社會樹立典型。他雖出身顯赫之家，但一生淡泊名利，不結交權貴，不追逐財富，可以說「不事王侯，高尚其事」。他工作勤奮，以寫作賺取家計，教養子女，也以寫作推動社會進步，報效國家。他和他的妻子是因為自己的行事為人受到尊敬，不是因為職位和金錢，在今日因權勢與金錢而墮落的社會，愈覺可貴！我謹藉著寫序的機會，向這位資深作家敬表欽慕之意。

（九十一年二月二十日〈中央日報副刊〉）

留學生的報國與懷鄉

從容閎和留美幼童說起

一九九七年十月「華族留美一百五十週年紀念研討會」在紐約市舉行。我應籌辦人、也是主持人李又寧教授之邀，從臺北約請三位學者赴會，報告留美學人對臺灣科技發展的貢獻。我的大學同班同學和同鄉高宗魯教授在會中講一百二十年前一百二十位幼童留美的事蹟。高教授講述生動，配合古老珍貴的圖片，舉座為之動容。

華族留美一百五十週年是從容閎算起。容閎於清道光二十六年（西元一八四六年）由勃朗 (Samuel R. Brown) 博士攜帶赴美，一八四七年進入麻州孟松鎮的孟松學校 (Monson Academy）求學，到一九九七年恰好一百五十年。一八五〇年畢業後升入耶魯大學，一八五四年（咸豐四年）畢業，獲文學士，時年二十六歲，是中國第一位在美國大學完成學業取得學位的留學生。

容閎返國後經商致富。一八六三年（同治二年）為曾國藩延攬入幕。容閎由於得到曾國藩和李鴻章的賞識，風雲際會，做了兩件與中國現代化有關的大事。一件是創設江南製造總局，生產槍砲輪船。一件是選送幼童到美國留學，每年三十人，四年共一百二十人。第一批幼童於一八七二年（同治十二年）赴美。

一八七二年，清廷派翰林陳蘭彬為「出洋肄業局」首任正委員，容閎為副委員，駐紮康州哈德福城（Hartford）。一八七四年在哈德福建華麗樓房一座，餐廳、課室俱全，可容七十五人住宿，作為肄業局的局址。一八七八年（光緒四年）陳蘭彬與容閎分別出任中國首任駐美正副公使，成為中國最早的駐美使節。

留美幼童年紀最輕的只有十歲，最大的為十六歲。他們到達哈德福後寄居於接待家庭，受到親切的照顧，學習西方的生活方式和待人接物的道理。他們除了到學校接受教育之外，也參加各種運動和社交活動，各方面都有出色的表現，在美國友人的心目中，留下良好的印象。可惜由於種種原因，使清廷改變政策，於一八八一年（光緒七年）全部應召返國。當時只有詹天佑和歐陽賡二人，完成了耶魯大學理工學院的學業，六十名尚在各大學，餘在高中肄業。

他們返國以後，各有不同的際遇，不同的發展，也各有不同的命運。然而不論窮達如何，都在中國早期現代化的過程中，盡了各自的努力，也各有一定的貢獻。他們當中，唐紹儀曾經擔任民國以來首任國務總理，唐國安為首任清華學堂校長。梁誠在駐美公使任內，向美國交涉退還部分「庚子賠款」，贊助中國的教育事業，特別是清華學堂和後來的清華大學。中華民國政府成立「中華教育文化基金會」(China Foundation for the Promotion of Education and Culture)，至今照章運作。我自己有幸成為這個歷史性的基金會的董事之一，談到這些前輩留學生，覺得分外親切，因而也會特別感動。我常常會想到他們髫齡去國，背井離鄉的思念之情，以及青年返國之初，前途未卜的茫然！他們當中最有名的當然是詹天佑。詹天佑終身奉獻於中國鐵路事業的發展，由於鋪設京張鐵路，打通八達嶺隧道，以及連結車箱的所謂「詹天佑鉤」，成為家喻戶曉的人物。然而也有若干分發到水師的「幼童」，在一八八四年中法馬尾海戰與一八九四年中日甲午之戰中，為國家奉獻了年輕的生命。

容閎定居哈德福，他於一八五二年在耶魯讀二年級時入籍美國，一八七五年和康州閨秀瑪麗・凱羅基 (Mary Kellogy) 女士結婚，一九一二年病逝。容閎在哈德福有墓地一處，另有三位「幼童」亦葬身於此，如今只剩斷碑荒草，滿目淒涼。

留學生的故國之思

這段中國早期留美的歷史，真實反映了當時清廷決策階層和封疆大臣對西方文明的淺薄認識，與「師夷之長技以制夷」的政策回應。自從鴉片戰爭以來，清廷每次和西方國家對抗，都在對方的「船堅炮利」之下，受到挫敗和羞辱。一八五〇年代和一八六〇年代前半，曾國藩、左宗棠、胡林翼、李鴻章等清朝「中興名臣」，在長江一帶和太平天國的軍隊苦戰期間，有很多機會見識到西洋鐵船往來江上、行走如飛的景象。李鴻章組織「常勝軍」，左宗棠組織「常安軍」和「常捷軍」，都是利用洋人洋槍，壓制太平天國的軍隊。當時流行的智慧所謂「夷之長技」，無非是「堅船利砲」，而生產這些堅船利砲的是武器製造能力，使用這些堅船利砲的是訓練有素的軍隊。因此強國之道就是設立兵工廠和造船廠，後來進步為發展「實業」，以及訓練軍事人才。所以嚴復是到英國皇家海軍學院，返國後擔任水師學堂總教習，後來才出任北京大學的校長。赴美幼童的最後目標，也是希望讀美國的軍事學校，但後來為美國國務院所拒。我們可以大膽的說，清廷上下，對西方列強並無了解，也不了解他們兵強國富的根本原因。他們所看到的不過是這些原因所產生的部分結果而已！

容閎和留美幼童的行止，也為後來的留學生顯示了滯留國外與返國服務兩條路線。儘管返國服務未必能夠有機會一展所長，有所貢獻；但滯留國外，作為第一代移民，「胡馬依北風，越鳥巢南枝」，自然免不了無限的故國之思。孟子說：孔子去魯，曰：「遲遲吾行也！」去父母國之道也。離開自己的國家雖然依戀不捨，但人生有時仍然要作若干痛苦的選擇，我們必須以諒解的心情去看待。

我參加李又寧教授紐約之會時，有一位長期旅美的昔日留學生表示：數十年之中，去國離鄉，未能有直接的貢獻，不免遺憾。我的勸解是不必抱歉。孔子說：「危邦不入，亂邦不居。天下有道則見，無道則隱。」政府有責任保障人民安居樂業的條件，人民有權利選擇生存發展的環境。將近二十年前，也就是一九七九年的春天，我從麻州劍橋，到紐約的歐本尼(Albany),探望在臺大一起讀大學、一起讀研究所、一起服兵役的老友江偉道兄,通宵達旦,暢談常住國外的留學生,對國家、對民族、對文化可以做出的貢獻;那時偉道兄和我正當盛年。去年李又寧教授在紐約的會議後告訴我,她於西元二〇〇〇年將舉辦另一次研討會,討論留美華人對世界的貢獻。留學生不論回國、不回國都可以有很大的貢獻。

歸國學人對近年臺灣經濟發展的貢獻

儘管選擇居住的地方、甚至國家是個人應有的權利,但對政府而言,則應創造有利的環境,始能留住人才,而且吸引外國人才來歸。戰國末期秦能打敗六國,統一天下,原因之一為六國的人才歸秦。美國成為世界上第一等強國,原因之一是吸收來自世界各國的菁英。

一九四九年和一九五〇年,國民政府對中共的戰爭失敗,退守臺灣,大約二百萬軍民追隨政府播遷來臺,使臺灣人口當中受過高等教育的比率從一九四六年底的百分之零點三提高到一九五〇年底的百分之一點零。平均教育水準超過當時所有其他落後國家,這是臺灣早期經濟成長快速的一個重要因素。可惜我們對當時人力的教育結構缺乏詳細的數據，也未見學術界在這方面有深入的研究。不過我們確知五〇年代和六〇年代政府財經部門的首長，很多都有外國留學的經驗。舉例來說，此一時期對臺灣經濟發展有重大貢獻的行政院美援運用委員會和農村復興委員會的中上級官員，有很高的比例曾經在國外留學，尤其是美國。以農復會而言，曾任主任委員的蔣夢麟、沈宗翰，曾任祕書長的蔣彥士、謝森中、李崇道，以及後來的王友釗、李登輝都有美國名校的博士學位。美援會有博士學位的官員比例較農復會為低，但留美人數眾多。

自從一九五〇年代以來，臺灣有所謂「人才外流」的問題。大學畢業後出國深造的人數，隨著國內高等教育的發展，逐年增加，從一九五〇年代每年二、三百人，到一九六〇年代每年二、三千人，到一九七〇年代和八〇年代每年五、六千人，甚至高達七千餘人，多數出國後久滯不歸。不過大學畢業階段出國求學，很難認為已到達「人才外流」(brain drain) 的程度，不如視為一種「人力資本流動」(human capital flow)。稱「資本」，因為資本可以累積，人力資本因知識和能力增加而累積；稱「流動」，因為可以流出也可以流入。

一九七〇年代以來，出國的人數雖然很多，但回國的人數日增，逐漸強化了政府、學術界、和產業界的人力。根據教育部的統計，一九八〇年代（一九八〇—八九）從國外歸來的學者、專家、和新近完成學位的留學生有一四八八二人，一九九〇—九五年有三〇二三八人，分別佔同一時期國內所有高等教育學府畢業的碩士和博士人數的百分之四十四點四和百分之五十五點一。一九九〇—九五年返國的人才當中，百分之八十七點七是在美國留學。這些返國服務的人才，對於臺灣自一九八〇年代後半以來，從傳統勞動密集產業為主的產業結構，迅速轉移為以技術密集產業為主，有重要的貢獻。這樣迅速的產業結構轉變，是其他缺少類似「人力資本流動」的國家不易、甚至不可能重複的經驗。

再以我目前服務的財團法人工業技術研究院而言，工研院是臺灣產業技術進步的重要來源，其董事會的七位常務董事都有美國的博士學位，院長、兩位副院長、七位所長、和三位研究中心的主任，十二位有美國的博士學位，一位有日本的博士學位。而八百多位具有博士學位的研究人員，其博士學位大都是從美國取得。除了本身的研究人員外，工研院尚經常得到國外各領域學者專家的協助。這些學者專家經常返國，指導院內的研究活動，協助尋求正確的研發方向，從國外延攬人才，有時也自己返國工作。

「已開發」國家應有「已開發」的學術地位

一九九八年八月十八—十九日，經濟部技術處與工研院共同主辦「一九九八年前瞻科技研發計畫管理研討會」，工研院海外科技顧問團的團長虞華年先生，自美國邀請四位有經驗的專家返國擔任講員，工研院的高層主管大致都參加研討。在會後的餐聚中，我們繼續就有關問題交換意見。我從大家的討論中，獲得以下幾點重要的看法：㈠臺灣在科技方面有一項重要的優勢，就是在美國著名的大學和重要研究機構中，有一批資深的學者專家，對臺灣產、官、學各界提供了很多幫助。這些資深的學者、專家有若干係中國大陸易手後從大陸直接赴美，其餘則是從臺灣赴美；過去前者所佔比例較高，如今漸為後者代替。㈡由於國內高等教育、尤其是研究所階段教育的快速擴充，以及產業界的成長與繁榮，為求學和就業提供了前所未有的機會，大學畢業後留在國內升學和就業的人數日增，出國深造的熱度消退。在國外讀書努力的程度，一般言之，今不如昔，繼續讀博士、尤其是理工博士的人數減少，獲得博士後亦較少誘因繼續在美國學術界或研究機構辛勞工作，累積學問與經驗。過去臺灣留學生在美國的地位漸為大陸留學生所取代。

㈢臺灣目前具有的優勢不久將會消失，至少會減少。臺灣必須努力提高國內學術機構包括中央研究院和若干研究型大學與研發機構的學術和研發能力，達到國際先進的水準，使國內的學術和研究機構能獨立成為科技連續進步的活水源頭，然後才能成為一個真正的已開發國家。

過去一百五十年，從留學取得先進的知識，包括科學和技藝，應該視為從「落後」(underdeveloped)，經過「發展中」(developing)，最後到達「已開發」(developed) 或「先進」(advanced) 境界的一個過程。「已開發」的國家必須在學術研究上也建立起「已開發」的地位。在這種情形下，「留學」活動當然仍應繼續存在下去，但也許稱為「學術交流」更恰當。

結語

李文寧教授在「華族留美一百五十週年紀念研討會」結束不久，又邀集稿件，將出版《留美八十年：國憂與鄉愁》，囑我寫序。我自己雖然赴美多次，但談到「留學」，則經驗淺短，乏善可陳，實在不夠資格寫序，何況李教授邀集的大文中，我只有緣拜讀過一篇，下筆不知如何寫起。然而李教授堅邀，我覺得盛情難卻，希望李又寧教授覺得這篇拙文勉強尚可接受。

（八十七年九月三十日〈中央日報副刊〉）

第二部 還鄉

他鄉生白髮　舊國見青山

——司空曙

傅斯年的故鄉

山東聊城是臺大傅故校長斯年先生的故鄉。二〇〇一年年初傅校長在大陸的姪子樂銅兄來臺，邀請我去訪問，不久又收到聊城師範學院程玉海院長的邀請函。由於十月中旬我要到濟南參加山東大學一百週年的學術研討會和慶祝大會，因此決定順道看一看傅校長童年和少年時期成長的地方。

山東大學的研討會於十月十三日舉行，十四日是星期日，校方安排了到曲阜和到泰山的旅遊，十五日為正式的校慶大會。我於九日晚間到達濟南。十日傍晚傅樂銅兄和聊城師範學院的馬亮寬教授自聊城來接，但我當晚有演講，遂於翌日清晨動身。

從濟南到聊城車行約一個半小時，聊城是山東省最西邊的城市，再向西就是河北省的邯鄲，令人立刻想到戰國時期趙國的平原君和魏國的信陵君竊符救趙、解邯鄲之圍與莊子「邯鄲學步」的寓言。濟邯鐵路從濟南經聊城到邯鄲，京九鐵路從北京到九龍也從聊城經過，東西、南北兩條鐵路，在這裡形成一個十字。大運河繞城而過，使聊城在明清兩代成為南北漕運的重要碼頭。康熙和乾隆兩位有清一代事功名聲最顯赫的皇帝都曾數度在聊城停留，並登上城中心的光嶽樓題字賦詩，至今保存完好。

上午訪問聊城師範學院，參觀校園和圖書館並和教授們座談，大致了解教學、研究，特別是傅斯年學術研究的情形。圖書館有同時容納四千名學生的座位，看到這些面貌清秀、行止斯文的青年，在略感昏暗的燈光下與略覺擁擠的座位中安詳的讀書，我覺得一陣感動。有教育的地方就有希望。校園中的標語「學高為師，身正是範」的字句，應是所有高等教育學府都奉為圭臬的原則，可惜後面一句在臺灣日愈不受到重視。

聊城在清代為東昌府府治，東昌湖環繞，湖中有城，城中有湖，號稱「江北第一水城」。東昌湖的面積是濟南大明湖的四倍餘，但無污染。地方人士將之與「濃妝淡抹總相宜」的西湖相比，雖然少了白堤、蘇堤的名勝，梁山伯、祝英台和白素貞、許仙的故事，也沒有岳王的史蹟和濟公的神話，但有《水滸傳》和《金瓶梅》的傳說，有孫臏困龐涓設下的迷魂陣和增兵減灶大破魏軍的馬陵道。在這裡會感到春秋戰國時代的種種外交軍事活動好像就在不久之前在附近發生，於是興起無限的思古幽情。

當我聽說聊城就是東昌府府治的時候，立即想到兩段小說中的故事。一是《水滸傳》宋江和盧俊義率兵攻打東昌府，東昌府的守將沒羽箭張清以飛石片刻之間連傷梁山十五員好漢。另一是《老殘遊記》，老殘從曹州府到東昌府，打算看一看「柳小惠」的藏書，結果敗興而去。

聊城是一個方方正正的小城，面積一平方公里。正中有光嶽樓，樓高五層，全部為木結構，其餘的房屋都不超過兩層。以光嶽樓為中心，東、南、西、北各五百公尺以往為城牆，牆外是護城河，如今城牆和四座城門雖然都不復見，但城內建築保持舊觀，新的建設則在城外發展。

傅斯年先生的故居在北門裡。他的七世祖傅以漸是滿清入關後第一個狀元，累官至光祿大夫、少保兼太子太保、兵部尚書、武英殿大學士。傅先生出生時，家道雖已中落，但依然深宅大院，大門高懸「相府」與「狀元及第」兩塊匾額，二門兩側精雕「傳臚姓名無雙士，開代文章第一家」的金字對聯。傅先生的父親在先生三歲的時候離家到東平縣教書，於先生九歲時病逝。傅先生從小跟隨祖父，受祖父的疼愛，並接受嚴格的教育，熟讀經史。課讀之餘，祖父偶爾牽著愛孫的小手，漫步於日暮黃昏的街頭。他們必然多次登臨不遠處的光嶽樓。天朗氣清的日子，也定會走出北門，徜徉於河堤湖畔。大自然的美景如詩，年邁的祖父寂寞中對聰慧的愛孫滿懷疼惜和期望，而童年的傅斯年定然留下深刻的印象。

一九一九年三月，二十三歲的傅斯年在《新潮》雜誌上發表了一首白話詩，題目是〈老頭子和小孩子〉：

三日的雨，
接著一日的晴。
到處的蛙鳴，
野外的綠煙兒濛濛騰騰。
遠遠樹上的知了聲；
近旁草底的蛐蛐聲；

溪邊的流水花浪花浪；
柳葉上的風聲辟壢辟壢；
高粱上的風聲吵刺吵刺；
一組天然的音樂，到人身上，化成一陣淺涼。
野草兒的香，
野花兒的香，
水兒的香，
團團的鑽進鼻去，頓覺得此身也在空中蕩漾。

這一幅水接天連，晴靄照映的畫圖裡，
只見得一個六七十歲的老頭子，
和一個八九歲的小孩子，
立在河崖堤上。
彷彿這世界是他倆人的模樣。

這首詩用山東話念別有情趣。我看過兩個版本，倒數第二行第一個字，一為立字，一為走字，前者是靜態，後者是動態。前面既說「照映在畫圖裡」，當屬靜態，因此我選了立字。倒數第三行的「小」字是我加上去的。

傅家的舊宅如今已不存在。傅斯年紀念館在城外東門大街路北傅氏祠堂舊址。一進大門，影壁牆上有毛澤東題贈傅斯年的唐章碣詩：

竹帛煙銷帝業虛，關河空鎖祖龍居；
坑灰未冷山東亂，劉項原來不讀書。

傅斯年讀北大的時候，是學生領袖，書讀得好，而且家學淵源，進北大之前早已滿腹詩書，毛澤東當時是圖書館員，可能不是十分得意。聽說他對傅先生很看重，傅先生借過的書他也留意看一看。我總覺得「劉項原來不讀書」一句有深意。這首詩說的是秦始皇焚書坑儒，以為消除了叛亂之源，可以常保帝業。想不到不久天下大亂，傾覆秦室的劉邦和項羽都不是讀書之人。此句表面上自謙，但骨子裡十分自負。山東指殽山以東，賈誼〈過秦論〉：「秦孝公據殽函之固，擁雍州之地，君臣固守，以窺周室。」

傅斯年紀念館目前只完成了第一期工程，包括大門五間和第一進正廳三間，陳列的資料尚待大量充實。第二期工程包括第二進院落的北樓五間，地上二層，地下一層，以及第一進和第二進院子兩邊的廂房，經費尚待籌措。

傅斯年紀念館的左側有一條巷道，就是有名的「六尺巷」，也叫「仁義巷」。「六尺巷」的故事我多次讀到，可是沒注意是發生在山東聊城，更未聽過發生在傅家。說是在傅以漸的時代，家鄉的子弟為了砌牆和鄰居爭執不下，雙方都有人在朝為官，也都寫信向京中求助。傅以漸先生的回信說：

千里修書為堵牆，讓他三尺有何妨；
萬里長城今猶在，不見當年秦始皇。

傅家的子弟獲書向後退讓三尺，對方感動，也退後三尺，於是讓出一條寬敞的巷道。

離開傅斯年紀念館到海源閣。海源閣在城內光嶽樓之南，就是《老殘遊記》中「柳小惠」藏書之處。老殘當年看不到書，題詩一首：

滄葦遵王士禮居，藝芸精舍四家書，
一齊歸入東昌府，深鎖瑯嬛飽蠹魚。

這首詩前面兩句我原來不是很了解。回到臺灣查聯經公司出版的《老殘遊記》，讀到蔣逸雪的〈老殘遊記考證〉，才知道「滄葦」是季振宜，「遵王」是錢謙益之姪錢曾，「士禮居」是黃丕烈的藏書處，「藝芸精舍」是汪士鍾的藏書處。這四家藏書後來都歸東昌府楊以增所有，於是建海源閣藏之，所以老殘在詩中說：「一齊歸入東昌府。」楊以增是道光二年進士，曾任江南漕河總督。他的兒子紹和是同治四年進士，就是《老殘遊記》中的柳小惠。我們只要將楊紹（少）和與柳小惠對照，就明白《老殘遊記》中為什麼稱柳小惠了。

蔣逸雪的大文中也交代了楊家藏書後來的下落。海源閣的「海源」二字取水字邊，意在防火，但終於無法避免珍祕散失。海源閣也於大陸易幟後遭到破壞；近年在原址重建，恢復舊貌。

（九十一年元月一日〈聯合報副刊〉）

故國神遊

——彷彿進入歷史的場景

從濟南到聊城，越過黃河，四顧平疇無垠，令人隱約感到應是進入春秋戰國時期齊國外交軍事的主要舞臺了。當年周武王伐紂而有天下，封太公望於齊，周公旦於魯，由於周公留在京城輔政，另封他的長子伯禽就國。太公望是謀略家和軍事家，伯禽可能像他「制禮作樂」的父親，重視國家長治久安所需要的禮樂典章制度，故齊魯有不同的治國方針。《史記》記載：伯禽受封至魯，三年始報政於周公，周公問他，「何遲也？」他說：「變其俗，革其禮，喪三年然後除之，故遲。」然而太公望五個月即回報周公，周公問他，「何疾也？」他說：「吾簡其君臣禮，從其俗為也。」周公比較他們的報告後歎曰：「嗚乎！魯後世其北面事齊矣。夫政不簡不易，民不有近；平易近民，民必歸之。」

周公真是有先見之明。

不過周初齊魯的政治環境有一重要的不同，就是齊的東方尚有東夷。太公就國之時，聽了「逆旅之人」的勸告，「夜衣而行，黎明至國」，即營丘，在今臨淄，恰好阻擋了萊夷來犯。太公在齊的施政，「因其俗，簡其禮，通商工之業，便魚鹽之利，而人民多歸齊，齊為大國。」周成王少時，管、蔡作亂，淮夷叛周，太公奉命「東至海，西至河，南至穆陵，北至無棣，五侯九伯，實得征之。」等於取得了東西征、南北討的尚方寶劍。

齊桓公成就霸業在於能取信於民

聊城在春秋時代最重要的歷史事件是齊桓公和魯莊公會盟於柯。柯就是現在的東阿，在聊城東方偏南不遠處。就在齊桓公和魯莊公要歃血為盟的時候，魯國大將曹沫以匕首劫持桓公於壇上，逼迫桓公歸還以前侵佔魯國的土地。桓公同意後，兩國結盟。後來桓公反悔，想要不還土地，並殺曹沫。但管仲曰：「夫劫許之，而倍信殺之，愈一小快耳，而棄信於諸侯，失天下之援，不可。」當時齊國強大，魯國弱小，齊桓公雖在劫持之下與魯國結盟，依然信守約定，由此取信於諸侯。這與他後來成就霸業，九合諸侯，一匡天下，有很大的關係。

人無信不立，更何況一國之君。如果政治領袖每天一個謊言，凡與他打交道的，都受到傷害，在很多情況下都是立即受到傷害，如何能夠取信於民，領導國家呢？

不過，從另外一個觀點看，齊國欲南向或西向爭霸，先和鄰近的魯國建立穩定的關係，近交遠攻，自然也是有利的策略。

管仲對齊桓公成就霸業有很大的幫助。孔子推崇他的功業說：「微管仲，吾其被髮左衽矣！」山東人感念他的貢獻，在濟南趵突泉對面泉城廣場山東十二大賢的青銅塑像中，按年代先後將他安排在孔子之前。管仲死後，桓公未接受他的意見，起用了「殺子以適君」的易牙，「倍親以適君」的開方與「自宮以適君」的豎刁，終致五子爭立，死後陳屍在床六十七日，屍蟲出於戶。

這段歷史為我們提供了一個教訓：桓公早年何等英明；知人善任，從善如流。但是等他成就了霸業，恃功而驕，漸漸失去諸侯的尊敬，加以晚年頑固，不能接納忠言，以致自趨敗亡。可惜世人似乎從來不接受歷史的教訓，讓歷史一再重演，真是既愚蠢又悲哀。

曹植名詩出於東阿故城

我的故鄉平度，在太公望就國時，可能尚是萊夷的天下。戰國時期，齊國的勢力已經拓展到今平度的東境。西元前二八四年，燕以樂毅為上將軍伐齊，下七十餘城，只剩下莒和即墨。當時的即墨城即今平度城東南古峴，家父戰前曾在這裡擔任小學校長。後來田單自即墨反攻，盡復舊地，只有聊城攻年餘，士卒多死而不下。魯仲連修書射入城中，用管仲和曹沫的故事，勸守將或效法管仲降齊，或效法曹沫棄城歸燕，等待復仇的機會。守將閱書，猶豫難決，自殺而死。魯仲連是今聊城市莘縣人。

聊城附近還有很多春秋戰國時代的故事。張秋鎮是吳季札掛劍的地方。春秋時代季札以吳國特使的身分訪問魯、齊、鄭、衛、晉等國。在魯國請觀周樂。為歌〈周南〉、〈召南〉，曰：「美哉，始基之矣，猶未也，然勤而不怨。」歌齊，曰：「美哉，泱泱乎大風也哉。表東海者，其太公乎？國未可量也。」季札從音樂中判斷國家的情勢。西周規模初具，雖尚未竟全功，但百姓勤而不怨；齊國則已是泱泱大國之風，國勢未可限量。北過徐地，徐君心愛其劍，但不好意思要求。季札看出他的心意，但為出使需要，不能相贈。等任務完成再回到徐地，徐君已死。季札乃解劍掛在徐君墓地樹上。從者說，人已經死了，還給誰呢？季札說：「不然，始吾心已許之，豈以死倍吾心哉！」

聊城東南之東阿是春秋戰國時代的名城。春秋時代齊國的賢相晏嬰曾經為東阿宰。後來魏文帝曹丕封他七步成詩的弟弟曹植為東阿王，如今阿城鎮西北三里處有東阿故城遺址。人們到此憑弔，自然會憶及曹植的名詩：「煮豆燃豆萁，豆在釜中泣，本是同根生，相煎何太急！」相傳曹丕聽了十分感動，才捨棄要殺他的念頭。可能也想到會寫詩的才子應不會造反，因為詩人心中有更廣闊的天地。東阿地近昔季札掛劍處，曹植詩：「思慕延陵子，寶劍非所惜。」可謂惺惺相惜！

東阿的名產是阿膠。我們看大陸電視劇〈大宅門〉，白景琦因為私訂終身被母親逐出家門，來到濟南，改進傳統的阿膠而致富。阿膠是用驢皮熬製而成，能滋陰養顏，益氣補血，潤肺止咳，常服健身延年，是自古以來的滋補聖品，但以東阿井水最能分離雜質，發揮藥效，因此東阿阿膠最為有名。東阿緊鄰濟南，在聊城、濟南之間，我們由此可知何以白景琦能在濟南發展製膠事業。古阿井在東阿故城遺址中央。

孫臏「圍魏救趙」以報斷足之仇

聊城和東阿的北方為茌平，晉文公重耳落難流亡國外時，於齊桓公晚年避居此地。桓公以宗女妻之，贈以厚禮。《史記・晉世家》記載：重耳愛齊女，留齊五年，沒有要離開的打算。齊女勸他走，他說，「人生安樂，孰知其他！必死於此，不能去。」很有劉後主「此間樂，不思蜀矣」之概。但齊女說，「子一國公子，窮而來此，數士者以子為命。子不疾反國，報臣勞，而懷女德，竊為子羞之。且不求，何時得功？」這位齊國的奇女子真是大義凜然！

聊城一帶最家喻戶曉的人物應為孫臏。孫臏的聲望在這裡超過他的祖先孫武。孫武是世界聞名的兵聖，在濟南泉城廣場的十二銅像中列於孔子之後。和孫武比起來，孫臏是一位傳奇性的人物，他的事蹟一部分是傳說，甚至形成神話，更能引人入勝。

孫武的故鄉是山東惠民縣，在今濱洲。他在吳國為將，幫助闔廬西破強楚，北向爭霸，有《孫子兵法》十三篇傳世，至今為將領必讀的「武經」。孫臏是他的後世子孫，晚孫武百餘年。大致孫武是孔子時代的人物，孫臏約和孟子同時。《史記》上說，「臏生阿郢之間」，據考證就在今阿城鎮一帶。至於何以孫武的家鄉在惠民，且在吳國為將，而他的子孫卻生於聊城地方，有很多考證。我們讀《史記‧伍子胥列傳》，子胥建議吳王夫差，越為心腹之患，不可輕易伐齊為越國所乘。但是夫差不採納他的意見，派他使齊。子胥知吳國必亡，乃託他的兒子於齊鮑牧；孫武可能也會作同樣的安排。

孫臏和龐涓同門學藝。龐涓先出仕魏國，為將軍，自知才能不及孫臏，誘至魏國加以誣陷，斷臏雙足而黥其面，使其無法拋頭露面。後來齊國的使臣至魏，將孫臏偷運至齊，受到齊威王的重用。於西元前三五三年「圍魏救趙」，大敗龐涓的軍隊於桂陵。復於西元前三四一年，以「增兵減灶」之法，將龐涓誘至今聊城市莘縣境內馬陵、道口一帶，殲滅魏軍，龐涓迫而自殺。

道口村裡有孫臏所擺的迷魂陣

這一段戰史，司馬遷的《史記》和司馬光的《資治通鑑》都有生動的描寫。司馬光大致引用《史記》。《史記‧孫子吳起列傳》關於馬陵之戰，有下面精采的文字：

孫子度其行，暮當至馬陵。馬陵道狹，而旁多阻隘，可伏兵，乃斫大樹白而書之曰：「龐涓死於此樹之下。」於是令齊軍善射者萬弩，夾道而伏，期曰：「暮見火舉而俱發。」龐涓果夜至斫木下，見白書，乃鑽火燭之。讀其書未畢，齊軍萬弩俱發，魏軍大亂相失。龐涓自知智窮兵敗，乃自剄，曰：「遂成豎子之名！」

劉文學在《陽谷攬勝》的〈孫臏與聊城〉一文中有下面一段記述：

如今的馬陵，雖然不再是孫龐交戰時的老樣子，但那古戰場的面貌依稀可見。這一帶的地形，高低起伏，丘壑相間，草木叢生。東南西北走向的金堤河從此流過。順著河道，有一條五、六里長的深溝，溝深約三、四米，溝底寬十餘米。據說深溝的兩邊都是叢林丘壑，無法通行。道口村就在這條溝的東北端，房屋參差錯落，正房大門，多朝東南，外來人到這裡，十分八九要迷失方向。據當地人說，這是按當年孫臏布設的迷魂陣建造的，分不清東西南北，所以孫臏打了勝仗。

劉子長和李印元在同書〈迷魂陣和孫臏閣〉一文中指出，迷魂陣有大小迷魂陣兩個村。小迷魂陣村大，大迷魂陣村小，後者在前者西南三里。孫臏擺小迷魂陣把東、南、西、北、東南、西南、西北、東北八個方向抽去一方，剩下七方，使龐涓大軍迷糊受困。卻從西南開了個口，放龐涓逃出，到了馬陵道口，另擺一陣，將原抽掉的一方加在這裡成為九方，使龐涓再度受困，兵敗自殺。說來有點玄虛，但兩位作者說：「現在人們到迷魂陣，仍然有如進了迷宮。」

《陽谷攬勝》和《齊魯文化》都說把孫臏搭救回齊的齊國使者是淳于髡，今聊城茌平縣人。淳于髡是戰國時代有名的縱橫家，能言善辯，齊國多次派他出使，都不辱使命，也曾出使魏國，二書所說應是合理的推測。孫臏抵達齊國後先去拜見田忌，由田忌推薦給齊威王，「威王問兵法，遂以為師」。田忌當時是聊城北方高唐的守將。

（九十一年元月二日〈聯合報副刊〉）

《水滸傳》的世界

現在的聊城市包括東昌府區、冠縣、莘縣、陽谷縣、東阿縣、茌平縣、高唐縣以及市開放開發試驗區，並代管省轄的臨清市，大致涵蓋古典小說《水滸傳》中的好漢較北方活動的範圍。可惜我在聊城只停留了一天一夜，而且遊覽參觀的時間只有一個下午，很多我所嚮往的歷史和傳說遺跡，未能親身體驗。不過縱然如此，已經感到魯西豐富的文化資產，美不勝收。

《水滸傳》精彩的部分有所謂林十回、武十回、宋十回；人物刻劃生動，情節感人。林十回主要寫東京八十萬禁軍教頭豹子頭林冲，為太尉高俅所害，發配滄州，仍不肯放過，一心一意置他於死地，終於逼上梁山。我小時候念的國文課本，選《水滸傳‧林教頭風雪山神廟〉，讀到「彤雲密佈，朔風漸起，卻早紛紛揚揚捲下一天大雪來。」全身感到冷意。武十回主要寫行者武松回鄉探望兄長，景陽岡打虎，獅子樓殺西門慶。武松後來隨宋江南征，單臂擒方臘，在杭州六和寺出家。究竟是否事實，不必深究。去年五月我和內人遊杭州，特地登上六和塔憑弔。自古英雄豪傑，只見一義，不因利害改變原則，身後雖受人尊敬，生前卻常是一個悲劇，怎不令人感傷。悲劇並非皆不能避免，然而總有一些俠義之士選擇不避免，也算求仁得仁。宋十回當然是寫宋江。我因為十歲看《水滸傳》，不甚了了，先入之見，對他有偏愛。但是一直想不透宋江為什麼能夠領袖群倫。

林冲、武松、宋江有一個共同特點，就是他們都為奸人所害，走投無路，官逼民反！他們也有一個共同經驗，就是都曾在滄州得到小旋風柴進的庇護和幫助。柴進是大周柴世宗嫡派子孫。由於宋太祖趙匡胤陳橋兵變、黃袍加身，繼周而有天下，賜柴氏子孫丹書鐵券，使其享有免罪減刑的特權。滄州應在河北省東南部，鄰近山東北部；梁山好漢發配滄州，大致需從聊城一帶經過。《水滸傳》第五十二回〈李逵打死殷天錫，柴進失陷高唐州〉。高唐州即今聊城市高唐縣，在聊城東北，與聊城之間隔有茌平縣。柴進的叔父柴皇城住高唐州。知府高廉的妻弟殷天錫，要強佔他的花園，打傷柴皇城，限期遷離。

柴進得信趕去處理，恰好梁山泊的李逵在滄州柴家，隨柴進前往，竟打死殷天錫，致使柴進下獄。宋江率梁山大軍來救，並且請得公孫勝下山，破了高廉的妖法，方救出柴進。現在高唐縣有柴家花園。

《水滸傳》與《金瓶梅》都發生在此

聊城一帶最津津樂道的人物就是武松。武松是清河縣人，在《水滸傳》中第一次出現，是在滄州柴大官人莊上，與同樣避難來此的及時雨宋江相遇，並且差一點引起一場誤會。武松離開滄州後，回鄉探望兄長武大郎，途經陽谷縣，在景陽岡打死一隻老虎，因緣際會當了陽谷縣的都頭，並且和他離家來這裡做生意的哥哥相遇，發展出一連串引人入勝、情節感人的故事，並引申出另外一部名著《金瓶梅》。這些故事都發生在聊城南方的陽谷縣。

我在聊城的時候，張慶華先生贈送我一本《陽谷攬勝》，出版於一九九七年，包含了豐富的史料。其中山曼先生原載一九九四年四月八日《人民日報》的〈景陽岡〉大文中，對現在的景陽岡有下面一段描述：

傳說中的景陽岡在今山東陽谷縣運河古碼頭張秋鎮西北一・五公里處，地面一馬平川，有一個景陽村，村前是一片菜園，寧靜而多生活氣息。一條東西大路穿村而過，村西頭大路北有一個黃土墩臺，環周不過二百步，這就是赫赫景陽岡。岡上原有一個小廟，所奉不知何神，修繕一新，泥塑武松打虎像於其中，便呼為武松廟。廟前立了岡名牌、景陽岡遺址文物保護碑和高高的「虎」字碑。碑之周有合歡樹、柏樹、黑彈樹，廟之後盡是柏樹，樹不粗大，諒非古物。

崔存英先生在同書另外一篇文章〈景陽岡遺跡尋蹤〉中描述，「坐北朝南、灰磚灰瓦的武松廟建在長三十米、寬二十五米、高二米的土臺上。」

雖然《陽谷攬勝》內頁中有一幀較為壯觀看似新建的景陽岡大門照片，面對大門左手邊為一約二層樓高的門樓，右手邊似乎是售票處，但無論如何難以想像在這樣的地方，當年會出現一隻「吊睛白額」的老虎，讓武松在醉中發揮了他的神威。不過魏聊先生在《陽谷攬勝》中〈兼談水滸與金瓶梅中清河的地理位置背景〉一文指出，一百年前，「這一帶方圓幾十里之內，確有一片林木蔥茂的高岡，從這裡向南，一直延伸到黃河邊上。」《水滸》故事發生在北宋晚期，距今已有八、九百年的歷史，當時人煙稀少，料想景陽岡必較百年前的記載更高、更廣，樹木也更茂密，足容一隻老虎藏身其中。民國以來人口擁擠，生活艱難，林木日漸遭人砍伐，土地遭人開發，大陸易幟後，毛澤東相信「人多好辦事」，六、七〇年代墾土擴田，山林夷為耕地，景陽岡遂成為今日的面貌。

景陽岡是處古文化遺址

一九五八年，景陽岡附近的一位農民發現一塊石碑，原在村外荒地上，年久風吹雨淋，加以兒童玩耍其上，字跡不可辨識。農民欲用作屋基，翻過來一看，見刻有「武松打虎處」五字，處字缺一捺，經考據為宋人所刻，在《水滸傳》成書之前，距今已有七、八百年，目前已建碑亭豎立於岡東二百米處。

景陽岡也是一處古文化遺址，共有四個文化層：最上層是耕土層，由上而下，第一層為漢文化層，第二層是周文化層，第三層是商文化層，最下層是龍山文化層。一九九四年陽谷縣進行景陽岡開發，以恢復《水滸傳》中舊觀，又發現一處龍山文化城址，面積約三十五萬平方米，距今約四千二百年，為目前所發現的黃河流域最大的龍山文化城址。

武松殺西門慶的獅子樓，在陽谷縣城中央十字路口，坐西朝東，原為二層土樓，不知何時所建。一九五八年重修為二層磚木結構。一九八三年整建為仿宋式建築，二層五間三進，高十五．八米，灰瓦紅牆，雕樑畫棟，飛簷斗拱，內有《水滸傳》故事壁畫多幅，《水滸》人物塑像八尊。《水滸傳》第二十六回，描寫武松為報兄仇，先手刃了潘金蓮，然後提了人頭去尋西門慶，將西門慶從獅子樓樓上打到樓下，取了他的性命。

不過在另一本名著《金瓶梅》中，作者讓西門慶逃過武松一劫，度過幾年荒淫歲月，最後終於死在自己的荒淫無度之下。

《水滸傳》的祝家莊其構想可能來自迷魂陣

宋江三打祝家莊的祝家莊也在陽谷縣境內，據說是城西的竹口，當地人因忌說三打祝家莊，改稱祝口或竹口。不過年代久遠，滄海桑田，高高的獨龍岡已不見。根據《水滸傳》，祝家莊和撲天雕李應的李家莊以及一丈青扈三娘家的扈家莊聯防，祝家莊村內都是「盤陀路」，狹闊不等，路雜難辨，看到白楊樹方是活路，可以轉彎，否則便是死路。因此宋江屢攻不下。後來拆散了三個莊子的聯防，又得病尉遲孫立帶人作內應，方才成功。

由於孫臏的迷魂陣就在附近，我一直懷疑《水滸傳》的祝家莊，「好個祝家莊，盡是盤陀路，容易入的來，只是出不去。」的構想，是從孫臏的迷魂陣而來。

關於孫臏迷魂陣，我前文曾有討論。其實究竟何以會迷路，我實在並不了解，只不過當作小說家言，姑妄聽之。《陽谷攬勝》一書有好幾篇文章寫到孫臏的迷魂陣，其中〈陽谷縣裡迷魂村〉專寫孫臏的迷魂陣村。這篇文章開頭先引一段順口溜說：「進了迷魂陣，狀元也難認，東西南北中，到處是胡同，好像把磨推，老路轉到黑。」又說：

> 迷魂村何以能夠迷魂？原來村子裡格局十分怪異。村莊的布局不是平面展開的，而是呈新月形，兩條主要街道按弧形由東北而向西南，斜斜曲曲，無固定的方向。巷里混亂，無直胡同。街道交叉多呈T字型。平行者首尾不齊，而房屋則按街道走向建築。由於變化不明顯，所以易將走向各異的房屋統統當成北屋，因而產生

錯覺。不僅如此，村外各道路、田壟分佈也非正南正北正東正西，而是呈磨齒形，參差交錯，令人眼花撩亂。

看來必須親自去看一看，才能明白上面文字的意義。

（九十一年元月十日〈聯合報副刊〉）

卻下大澤登古城
——平度記遊

從聊城到即墨

我小時候念國文課本就念到，戰國時齊威王早期，耽於逸樂，疏於朝政，以致「百官荒亂，諸侯並侵……左右莫敢諫」。威王好隱喻。淳于髡說之以隱曰：「國中有大鳥，止於王之庭，三年不飛又不鳴，王知此鳥何也？」威王說：「此鳥不飛則已，一飛沖天；不鳴則已，一鳴驚人。」於是召見「諸縣令長七十二人，賞一人，誅一人……」這段故事載於《史記・滑稽列傳》。同書〈田敬仲完世家〉有較詳細的說明。受賞的是即墨大夫：「封之萬家。」被誅的是阿大夫：「是日，烹阿大夫，及左右嘗譽者皆並烹之。」

即墨是齊靈公十五年（西元前五六七）滅萊後所建，在春秋後期和戰國時期，和現在的聊城分別為齊國在東方和西方的重鎮，各派一位大臣統理。齊威王烹阿大夫的阿即在今聊城；春秋時期齊國的賢相晏嬰曾為東阿宰。

聊城是齊國爭霸中原的前線。它的北方是燕國，西方是三家分晉後的趙國，西南方是魏國，南方則有楚國、吳國和滅吳後的越國。即墨則是齊滅萊後安撫流亡、開拓東疆的區域政治中心。

齊長萊消

萊是萊夷。東夷在山東半島一帶的被稱為萊夷，在江蘇北部淮徐一帶的被稱為淮夷。夏代時期，夷族的領袖后羿曾經利用夏民對太康的怨恨攻佔了夏都安邑。所以有後來的少康中興。相傳后羿的妻子嫦娥偷吃了后羿的不死之藥飛升，成為月宮的仙子。李商隱詩：「嫦娥應悔偷靈藥，碧海青天夜夜心。」從夏朝經過商朝，中原與東夷的長期爭戰，東夷逐步敗退到山東的東部。周初，太公望封於齊，都營丘，即今臨淄。太公「夜衣而行，黎明至國」，恰好擋住了來犯的萊軍。可見當時齊國的勢力向東尚未跨越膠水，即今膠萊河。桓公時期越過膠水不遠，大約止於今平度的西境。至西元前五六七年齊靈公滅萊，已上距太公望封齊四百多年，齊桓公稱霸一百多年。

當時的萊夷是怎樣一種文化呢？李樹先生《平度史話》引《尚書・禹貢》篇的記載：「萊夷作牧，厥篚檿絲。」作牧是以畜牧為生。厥是虛字，《史記・夏本紀》作「其」字，篚是竹子編製的容器，圓形為筐，方形為篚，檿是一種山桑，檿絲是柞蠶絲，質地堅韌，是山東半島的特產，我至今尚有深刻印象。《史記・孔子世家》也有一段與萊夷文化有關的記載。齊景公四十八年，與魯定公好會於夾谷，設壇位，土階三等。齊景公和魯定公揖讓而登。獻酬之禮畢，齊令萊人為樂。「於是旌旄羽袚，矛戈劍撥，鼓噪而至。」旌旄羽袚是說手裡舞著五彩繽紛的旌旗和舞具，矛戈劍撥是拿著各種長短武器和盾牌，鼓噪而至，意欲劫持魯君。令人想到我們在美國西部電影中看到的印地安人的戰舞。

不過我們不要忘記，從夏禹治水經過殷商，到齊靈公滅萊，已經歷了上千年的歷史，萊夷當已發展了一定的農耕技術。加以即墨在今大沽河與小沽河交匯之處，水源充足，土地肥沃，又是齊國經營東方的政治、經濟、軍事中心，因此很快的發展為齊國僅次於臨淄的第二大城。

火牛陣與康王墓

即墨舊城在今平度城東南六十華里古峴鎮，南北長約十華里，東西寬約五華里，當時有運糧河，即今小沽河，通過東南城門洞進入城內的貯貨灣。古峴地方文獻記載，當年「帆牆如林」。《平度史話》說：「四十年前還是一片水深兩米的百畝大水塘，盛產蘆葦、菱、蓮和魚蝦。」如今舊城早已不復存在，不過東城仍然留有一段一千多公尺的土堤，供人憑弔。令人想起兩千多年前的一場驚天動地關係著齊國存亡續絕的大戰，就是即墨守將田單在這裡用火牛陣大破燕軍。

即墨故城也就是現在的古峴，還有一處名勝就是康王墓。漢景帝平定七國之亂後，縮小藩國的規模使不超過一個郡，失去了藩屛中央的功能，但也難再有威脅中央的實力。景帝前元四年封他的愛子劉徹為膠東王，都即墨。劉徹當時只有四歲，並未就國。前元七年劉徹七歲時立為太子，就是後來的漢武帝。我們由此可知膠東在當時諸國中的重要地位。兩年後，景帝於中元二年改封他另外一位愛子劉寄為膠東王，傳國六世，凡一百五十七年，直到西漢為王莽所篡。劉寄在位二十八年，謚號康王，他的故事在地方上流傳至今。

康王和他的子孫們死後都葬在即墨故城北方六曲山一帶。根據平度市旅遊局所編《平度八景・即墨故城》一文的記載，這些古墓大小近四百座，東起古峴鎮的龍虎山，西止麻蘭鎮的窟窿山，蜿蜒約三十華里，分布在十幾個村莊、三十多個山頭上。其中康王墓坐落在古峴鎮蓬萊前村西陵臺中央，封土高達六米，直徑約四十米，臺基高二十米。地方傳說：「打開康王墳，膠東不受貧」或「山東不受貧」。西元一九六八年，康王之弟中山靖王劉勝之墓在河北正定縣發掘出土，文物豐富，並有劉勝夫婦所穿的金縷玉衣，令人對康王墓中究竟藏有什麼寶物充滿想像。不過康王墓和這一帶的古墓大致完好。

天柱山與大澤山

平度是我的故鄉，我的父親戰前曾任縣立古峴小學的校長。可是我直到後來對歷史發生興趣，才知今之古峴就是當年田單破燕的即墨，而今之即墨則為隋代新設，在平度東南，與平度境內的古峴接壤。古峴當係（即墨）故城或故縣之意。

西元二〇〇〇年和二〇〇一年我兩度到平度，第一次是祭拜我的父親，第二次是安葬我的母親，每次都是行色匆匆，沒有餘暇遊覽嚮往已久的故鄉名勝古蹟。今年六月，宜蘭科技學院校長劉瑞生兄應平度市長趙澤斌先生的邀請，到平度考察農業和生技產業，瑞生兄和我相知多年，知道我是平度人，關心故鄉產業發展，邀我參加。

我們的平度之行於七月十四日自臺北啟程。瑞生兄組成的訪問團共有四位專家，只有我是外行。平度夏日遠比臺北涼爽，不料我們抵達之日，氣溫高達攝氏三十七度，破百年紀錄。我們冒暑密集工作三天，第四天作一日遊，上午登天柱山，觀賞受國家級保護的魏碑。李樹先生的《平度史話》稱劉海粟八十八歲高齡時扶杖登山，觀賞此碑，評曰：「聞之有韻，捫之有聲，望之有情，滌人塵俗。」並題寫「瑰瑋博大絕壁生輝」的贊詞。從天柱山東行到大澤山。大澤疊翠是平度八景之首，景觀豐富，美不勝收，可惜由於時間限制，我們只能到達智藏寺和日照庵。遠眺群峰聳峙，「一山還有一山高」，疊翠二字真是名不虛傳。

大澤山盛產葡萄，一九九五年獲選「中國葡萄之鄉」。大澤山鎮政府進門右手牆上有王光美之兄王光英所書「東有大澤山，西有吐魯番」兩行大字。瑞生兄任臺大訓導長時，初訪大陸，促進兩岸學術交流，曾遠到西方的葡萄之鄉吐魯番，如今又親臨東方的葡萄之鄉大澤山，應是瑞生兄此行想不到的收穫。

弔古戰場

中午略事休息，避過驕陽，南下古峴。大澤山在平度城東北六十里，古峴在平度城東南六十里，我小時候在家鄉覺得兩處都遙不可及。如今交通發達，縮地有術，我們坐在冷氣旅行車中，談笑之間，不覺已達古峴北境的康王墓。

連綿的青山，載負著兩千年的墓群，從一眼望不盡的東方偏北蜿蜒而來，又向西方偏南奔去。山本土質，植被良好，但是少見樹木，不知原即如此，抑是戰爭和戰後的災荒，遭到人為的破壞。

登上康王墓，南望即墨故城，即今古峴大朱毛村一帶，尚在東南方約二十里林木掩映之處。這一帶應就是當年田單大破燕軍的古戰場了。

戰國時期，燕昭王謀伐齊，得到各國的支持。西元前二八四年，使樂毅為上將軍，統率趙、魏、韓、楚、燕聯軍伐齊。齊湣王悉國中之眾以拒之，戰於濟西，齊師大敗。諸侯兵罷歸，樂毅獨率燕軍，長驅逐北，六月之間，下齊七十餘城，只有莒和即墨未下。

根據《資治通鑑》記載，樂毅圍二邑，期年不剋，乃令解圍，各去城九里為壘，令城中民出者勿獲，困者賑之，使就舊業，以安撫人心，為燕國圖久遠之計。三年而猶未下。

西元前二七九年，燕昭王死，子立，為燕惠王。即墨守將田單乃縱反間之計於燕。惠王為太子時與樂毅曾有不愉快的經驗，聽到傳言，信以為真，乃使騎劫代樂毅為將。田單一方面加緊操練士兵，一方面使老、弱、女子登城，並遣使約降，使燕軍失去戒心。又收民金得千鎰，令即墨富豪致送燕將說：「即降，願無虜掠吾族家！」燕軍益懈。一切準備就緒，田單展開一場夜間攻擊。《資治通鑑》有精采的描述：

田單乃收城中，得牛千餘，為絳繒衣，畫以五采龍文，束兵刃於其角，而灌脂束葦於其尾，燒其端，鑿城數十穴，夜縱牛，壯士五千隨其後。牛尾熱，怒而奔燕軍，燕軍大驚，視牛皆龍文，所觸盡死傷，而城中鼓噪從之，老弱皆擊銅器為聲，聲動天地。燕軍大駭，敗走。齊人殺騎劫，追亡逐北，所過城邑皆叛燕，復為齊。

我們眼前腳下的這一片農地，一馬平川，完全沒有可以阻擋憑藉之處。遙想當年，

那些離家遠征的燕軍，從夢中驚醒，以為神獸神兵，從天而降，逃避不及，自相踐踏，糊裡糊塗失去性命。「可憐無定河邊骨，猶是深閨夢裡人！」當年樂毅屯兵之處，舊址猶存，地方上的文獻說：「史稱樂毅城。」

古城夕照

即墨經過春秋後期的經營，到戰國時代已經是人口聚集、民生豐裕之地。《漢書》：「夫齊，東有琅琊、即墨之饒……」而且東方腹地廣袤，可源源不絕供應城內所需的物資，因此有實力和樂毅大軍對峙四年，最後還有「民金千鎰」，賄賂燕將，並能收求牛千餘隻，發動一場殲滅性的大戰。

如今我們在去故城的路上，看到街道昏暗，市容冷清，抽過蒜苔的蒜頭堆積如山，經濟情形似乎不像我們過去三天參觀過的地區進步，也可能比兩千多年前春秋戰國時期沒有太多改善，也許根本沒有改善。我想到先父年輕的時候曾在這裡服務，教育這裡的子弟，必有很多期許，感到一陣心酸。

在黃昏降臨之前，我們來到故城東牆遺跡的土堤。地方文獻說：「基寬約四十米，高約五米。」不過這一帶可能常有人攀爬，所以較為低矮，我們很容易登臨。夕陽餘暉尚在樹梢，林蔭深處天色已開始轉暗。土堤上有三三兩兩的圓洞。地方人士說，鄉人用以貯放大薑，防止生芽。堤旁有一塊石碑，上書「即墨故城」。一位白髮稀疏光膀子的老人家蹲在地上賣香紙。

我直覺這裡就是東南門運糧河舊址，當年圍城中所需的物資經由這條河水，源源供應，鼓舞著齊人抵抗燕軍的信心。如今河道已為泥沙淤積。《康熙平度州志》載，明知州周思兼〈康王城行〉有句：「煙中每見樓櫓形，雨後常聞鬼哭聲。鬼神微茫不易知，英豪歇絕哪得回！」

站在土堤上西望，暮色籠罩的一片農田中，據說有當年金鑾殿、點將臺、東西倉、貯貨灣、養魚池、梳妝樓等遺跡。《康熙平度州志》載，清崔詔之〈過康王城〉詩：

荒村風景古城頭，遺跡猶存王氣浮
彷彿人煙搖麥浪，依稀宮殿鎖蒿丘
衣冠盡染山花色，歌舞常牽野鳥愁

滿目興亡懷不盡，夕陽西下水悠悠

如今已是農曆六月，小麥早已收割，眼下所見似乎是芋頭。悠悠河水消失，只剩下夕陽殘照，日復一日。

梳妝樓不知是否為康王后丁氏的梳妝之處。丁氏無子，康王死後，他姬之子立為王。《史記》載：「而康后有淫行，與王不相中（得），相危以法。」即與新王劉賢互相弄法陷害。當時漢武帝敬神鬼之祀，信方士之言，嚮往不老之術。丁氏「欲自媚於上」，遣宮人欒大，經其弟樂成侯丁義推薦，晉見武帝，言方術之事。《史記》上說：「大為人長美言，多方略，而敢為大言，處之不疑。」他對武帝說：「臣嘗往來海中，見安期、羨門之屬。顧以為臣賤，不信臣。又以為康王諸侯耳，不足予方。臣數言康王，康王又不用臣。臣之師曰：『黃金可成，而河決可塞，不死之藥可得，仙人可致也。』」這時武帝方憂河決，而煉丹砂鉛錫為黃金不就，聽了這番話，大悅，拜欒大為五利將軍，配天士將軍、地士將軍、大通將軍、天道將軍金印，又封樂通侯，食二千戶，賜列侯甲等，僮千人，並以衛長公主妻之，齎金萬斤。欒大招搖撞騙，風光一時，終因其術不驗，謊言拆穿，被武帝腰斬，推薦他的樂成侯丁義也被處死。不過神仙、不死之說繼續流傳。

（九十一年八月二十九日〈中央日報副刊〉）

近鄉情怯

去年十月我回老家平度，主要的任務是將母親的骨灰安葬在父親之旁，並且讓兩位老人家看一看他們在海外的曾孫靖華。民國七十八年父親第二次回大陸探親，一病不起，埋骨故鄉。那時候我的大兒子立群尚未結婚，如今已是兩個孩子的父親，也超過了父親初來臺灣時的年齡。五十多年前，父親和我渡海來臺，留下懷有身孕的母親，帶著尚在少年的妹妹和稚齡的弟弟。如今兩個妹妹和弟弟各有了一大家子人口，大妹且有了第三代。我們兄弟姊妹四家齊集墳前，哭拜在地。經歷了戰亂、災荒和大陸上一波接一波的清算鬥爭，總算都熬了過來，讓家族在兩岸綿延，父親和母親英靈不遠，應感到安慰。

父親和母親都生於民國元年，婚後父親在外面教書，母親在家裡操持家務，過了幾年平安的日子。民國二十六年抗日軍興，父親投筆從戎在家鄉一帶打游擊，接著又追隨政府打內戰，和家人一起生活的時間不多。從三十八年兩岸隔離，到七十五年母親來臺灣，當中經過了三十七年悠長歲月。不久母親又回大陸。他們兩人一生勞苦，聚少離多，現在終於得以放下生命的重擔，安息在一起，優游於故鄉自小生長的土地上。

父親和母親的墳墓在平度城北七里山，大概因為離城七里而得名。說是山，其實只是一座土丘，前年夏天我來祭拜父親時，管理員要我題字，我寫：「魂返故土，葉落歸根。」從這裡向北走是七里河子，是父親第一次擔任小學校長的地方。

平度是歷史名城。戰國時候田單破燕的即墨，即今平度城東南六十里古峴，古峴應是故縣或舊縣的意思。西漢設膠東國，漢武帝四歲時受封為膠東王，唯並未就國，後來立為太子，景帝封他另外一個兒子劉寄來即墨，為膠東王，傳國六世。古峴至今有他們的墳墓，也有出土的錢幣和器物。後來隨了經濟地位的轉變，政治中心漸向今平度城一帶移動。

平度城在我童年時候是一座平靜整齊的小城。完整的城牆和護城河環繞兩條呈十字形的大街，縣政府在這個十字的北端，順著大街正對著南門，東西向的大街有較具規模的商店。平度城沒有北門，城牆外是公園，其餘三面出城都是大街。主要的街道石板鋪路，南關大街靠東邊有一條石砌的大水溝，流水清澈，下大雨的時候有游魚順流而下。

我家在東南關文村巷孫家胡同，大門坐南朝北，可容兩輛大車併駕進出。由此可見這條胡同並非狹窄的巷道。進大門不遠右手邊是祖父在世時讀書的小院子，靠北臨街有一排書房。幽靜的院子中有梨樹、丁香樹和葡萄架。祖父幼時隨宦遊湖南的高祖父在任所讀書，民國時代曾在濟南省教育廳擔任過小差事，曾祖父逝世後返里，息影家園，不再為五斗米折腰。料想他當年在這裡，「倚南窗以寄傲，審容膝之易安」，小園香徑，讀書課子，應度過一段閒適的日子。

進了二門，才是日常生活作息的院落，曾經充滿孩子們的歡笑。我的兩位姑姑、叔叔和妹妹，年齡相差沒有幾歲，祖母慈祥寬容，從來沒見她疾言厲色，也不責罵孩子。可惜我被送去陪外祖母，偶然回到自己家中作客，而從這場熱鬧快樂的成長中缺席。再過去是一大片空地，稀疏的果樹間長滿雜草，夏天的時候有蟲蛇出沒，限制了孩子們的遊蹤。空地盡頭是外牆，牆外不遠有一片松林，是我家祖塋。抗日戰爭時期，全家逃難在外，只有我隨外祖母留住縣城。每當清明時節，外祖母都備好香紙，托人領著我到墳前祭拜，讓先人知道子孫們平安。

在離開家鄉六十年之後，前年夏天我第一次回到平度。我曾在《山東人在臺灣》叢書《人名錄》的序文中引唐司空曙的詩：「世亂同南去，時清獨北還；他鄉生白髮，舊國見青山。」不錯，故鄉青山依舊，但祖宗廬墓何在?當我懷著近鄉情怯的心情，期待著像陶淵明當年一樣，「乃瞻衡宇，載欣載奔」時，地方人士已引領我停身在一條狹窄的巷道，指著一片擁擠的房屋說：「這裡就是你的老家。」但我完全無法看出兒時景象的殘跡。

這次我決定探訪外祖母在南關油坊胡同的舊居。地方上的領導找來鄰居一位王先生帶路，我們在原感陌生的街道上，走進一條窄巷，右前方出現一座似曾相識的門戶，黑漆門扇的上方是灰瓦覆蓋的門簷，霎時間童年記憶都來到眼前。過去一年多我兩度來平度城，原期待回到熟悉的故鄉，然而在熱心的朋友安排下，坐在車子裡匆匆來往，常不知身在何處。如今終於回到童年失落的地方，鄰近街道的相關方位也一下子在我迷茫的心頭明白起來。

主人殷勤待客，允許我們進門參觀。一排七間北屋，大致維持舊觀。過去有一道內牆將庭院隔為兩進，三間在後邊的一進，外祖母用以堆置雜物。前面一進，窗前有石榴樹，盛夏榴花似火，石榴成熟時，綻放晶瑩的果實。院子南端有一棵棗樹，枝葉茂密，覆蓋了大半個院子。夏末的雨夜，隔著紙窗，聽棗子掉落的聲音不絕，貼在外祖母身旁甜蜜入夢。第二天早晨院子裡滿地都是紅透了半邊的大棗和一些斷枝殘葉，秋天的腳步到了。

記得小時候念魯迅的〈秋夜〉，開頭好像是：窗外有兩棵樹，一棵是棗樹，還有一棵也是棗樹。我們都不解為什麼這樣寫。有位同學上作文課時，依樣葫蘆寫了兩句，被老師劈臉一個耳光，說：「打你個還有一棵也是棗樹！」

如今棗樹不見了，舊日的院子當中，蓋起一排房屋，使我們現在置身之處顯得狹隘，難以想像兒時嬉戲、高枝啼鳥、閒情曾託的光景了。

主人延客入室，四間房子仍是過去的格局，只是紙窗換成玻璃窗，屋子裡光亮多了。以前進門的一間是堂屋，有一口大灶和風箱。外祖母常坐在灶前拉風箱，灶火的紅光映照著白髮。冬天的時候，柴禾燃燒的餘溫進入裡間的炕洞，保持炕上溫暖。堂屋的後門打開是一條窄巷，長著幾棵高挺的香椿樹。左手間很少開門，只有遠地有親戚來的時候才使用。右手兩間，前面一間外祖母住，裡面一間姨母住。外祖母不論夏冬總是黎明即起，打掃庭院，擦拭桌几，我就在她身旁跟前跟後。稍微大一點我就會上街買東西，也常代表家庭參加婚喪喜慶。我只有偶爾回到自己文村巷的家，但很少知道自己家裡的事。上小學填家長姓名總是寫外祖母邱陳恩箴。就這樣我在外祖母身邊度過了一段幸福孤單的童年。一年夏天，母親接我到鄉下過暑假，由於貪玩哭鬧不肯回到城中，母親無法，只好由妹妹代替。少年自私，深恩負盡！

油坊胡同一端通向南關大街。左轉就是進城的方向，從前有很高很厚的城牆，抗戰勝利後，可能因為國共戰爭打過來打過去，已被拆得乾乾淨淨。右轉右手邊以前有一家供應開水的茶爐，灶上一排燻黑的大水壺，旁邊坐著一位滿臉污垢的小伙計拉動著風箱。早年平度一般家庭為節省能源，只有做飯的時候才燒開水，平時需要開水，要到茶爐買。再過去是一家點心店，平度話叫茶食店，逢年過節送禮，到這裡買點心，用黃草紙包裝貼紅紙頭，如今我們看電影有民初情節還會看到。

越過水溝向南走不遠，就是美國教會辦的崇真小學。我小學一年級上學期讀西關小學，要從油坊胡同另一端向北走，沿著護城河上西關大街，再走很長的一段路。不知是

不是嫌路遠，下學期轉到崇真小學。崇真小學因為是美國人所建，校園和校舍都很漂亮。不過崇真雖近，每天上學也有一件難處，就是茶食店過去不遠有一位不知什麼人家的姑娘，大家說她是瘋子，每天早晨站在門口叉著腰罵人。我們小學生都繞到水溝另一邊，在快要接近瘋子姑娘門前時拔腿就跑。姑娘大概心有未甘，順手拿起任何東西隔著水溝飛來。我覺得心要從口腔裡跳出來了。驚魂甫定，已經到達學校大門口。同一家教會並在崇真小學邊蓋了一家醫院。這一帶應是平度城當年最考究的西式建築。

如今這條街上的茶爐不見了，茶食店也不見了，換上一代新的店面。大水溝鋪平了，街道較以前寬大。舊日的崇真小學地帶成了一大片菜市場，穿過凌亂的菜攤肉攤，走過擁擠的人群，竟發現站立在東南關「老集」，再過去不就是我家的文村巷孫家胡同嗎？可是為什麼在我童年的時候總以為遠不可及？

我們離開外祖母的巷子時，巷口正在拆房子。可能下次再回來，外祖母的舊宅將走入歷史，我兒時的記憶將再也找不到任何憑藉。蘇東坡〈後赤壁賦〉有句：「曾日月之幾何？而江山不可復識矣！」怎能不感慨！

（九十一年元月二十二日〈中央日報副刊〉）

長巷深處有人家

故鄉路遠

姨母住到安養院已經兩年多，雖然看起來還健康，但是記憶力日漸衰退，有時候急著叫我過去，可是見了面又想不起有什麼事。前幾天說想回平度老家看看，問我怎麼走。我說要坐飛機到澳門，再從澳門轉機飛到青島，然後從青島坐汽車到平度。她問為什麼要坐飛機。她可能一時忘記身在臺北，以為仍在五十年前的青島。我說，臺灣和大陸隔著臺灣海峽，不坐飛機怎麼飛渡海峽。我又說：「姨上次回大陸不也是坐飛機，先到香港，再飛青島嗎？」姨母聽了不講話，臉上掛著笑容，看不出有受到挫折的樣子。

回想起來，每次來看姨母，她都是帶著笑容，似乎她在安養院沒有什麼不如意的地方，因而讓我覺得安心。她是一個非常自尊自重的人，一生只幫助別人，不求別人幫助，對我更是很多恩惠，不求回報。我讀大學和研究所時跟她住，一直到當完兵結婚才離開。姨母搬到安養院，對她、對我都是萬般無奈的事。然而人生有很多無奈，尤其在進入暮年以後，只有調整心態去面對。

閒話了一會家常，姨母又說：「我昨天晚上夢見你老娘。你老娘現在平度還是掖縣？」老娘就是外祖母。我狠著心說：「老娘不是過去了嗎？」

油坊胡同裡的童年

我家世居平度城東南關文村巷，已經有好幾百年的歷史，外祖母家在南關油坊胡同，我從有記憶以來就住外祖母家。外祖母年輕的時候，嫁到鄰邑掖縣，由於外祖父參加革命，英年早逝，帶著兩個稚齡的女兒回到故鄉平度，自立門戶，靠著一點薄產，艱難度日。姨母比母親小四歲，當時應尚在襁褓之中。母親于歸後，留下外祖母和姨母二人，相依為命。可能因為我家人口多，母親又生了妹妹，所以把我送到外祖母家。

過去一年半中，目前兩歲四個月的孫子和我們同住。雖然他白天送保母，但是晚上一回家就纏著奶奶，寸步不離，內人一向偏低的血壓升高了，有時還會頭暈、嘔吐。這使我常常想到，當年的我，給外祖母增加了多少負擔，何況那時候外祖母尚有經濟上的困難。

外祖母家在一條長巷深處，房舍和庭院的景象，在我記憶之中，隨著年齡增長，竟日愈清晰起來。一棵高大的棗樹，從院牆上空伸出枝葉，遮蔽了半邊巷道。我彷彿像看到一個身穿制服、肩背書包的小男孩，走過樹蔭，停在兩扇緊閉的大門前，一面拍門，一面大聲叫著：「老娘，我回來了！」那時的外祖母，是否也像如今我和內人期待我們的孫子一樣，正在期待她的外孫歸來呢？我常和內人說，不要太疼孫子，有一天也許會讓我們很傷心。

樹下有一道短牆，隔離了前面一棟房子的後門；這裡原是一座三進或五進的深宅大院。另外一邊的院牆上，斜靠著厚厚一大片高粱稭，和牆面構成三角形的空間，成為孩子們理想的藏身處所。這些我童年的嬉戲之地，如今如果重臨，可能發現不過是狹小的庭院一角，然而的確為我的寂寞童年，提供了一個廣大無垠的想像世界。

外祖母過著規律的生活，每天黎明即起，清掃房間和庭院，姨母擦拭桌椅門窗，我則在外祖母身邊，跟前跟後。外祖母空下來的時候，總是盤腿坐在炕上臨窗的位置，手裡做著針線。她那時大概五十歲左右，滿頭銀髮，訴說著年輕時喪偶撫孤的辛酸。

姨母從平度「最高學府」縣立中學畢業，平度是農業縣，缺少就業機會，賦閒在家，和她的一些女同學時有來往。她的同學當中，我至今還記得王書英和李翠蓮。書英姨後來嫁給空軍，遠走他鄉，多年後在臺北重逢。她是姨母最早期、最知心的朋友。她們之間一定珍藏著很多少女時期的快樂和美夢，為悲苦人生點綴一些幸福的回憶。翠蓮姨後來感情生變，行為有點失常。有天她到外祖母家，身穿一件起縐的大袿子，未經梳理的長髮，披散肩頭。我記得她伸出黑瘦的胳膊給姨看，說是長了鱗，又說餓了。姨母給她一個白煮蛋，翠蓮姨沒剝殼就吃，我在旁邊聽到咔嚓一聲，至今難忘。

姨母好像到鄉下教過一段時期小學。我記得她寒假回家過年，常常談起她的學生，和一些家長對她的友善，每次都是神情愉悅，眼睛中閃耀著亮光。姨母顯然很喜愛她的教書工作，然而可能因為家有老母，寒假後未再回去。

姨母常講故事給我聽，印象最深刻的是梁山伯與祝英台，還有孫臏和龐涓。我從小易感動，隨了故事情節的發展，時而落淚，時而緊張，不住的追問：「後來呢？後來呢？」後來李翰祥導演的「梁山伯與祝英台」在臺北放映，造成轟動，我也跟著大家去看，跟著大家流淚。我小時候仰著臉聽姨母說故事的時候，對於那個「十八相送」，同窗好友一再暗示，竟不能領悟英台是女生的「呆頭鵝」，真是為他焦急萬分。後來山伯病死，埋葬在英台花轎必經的道旁。英台下轎哭拜，墳墓忽然裂開，英台縱身投入墓中，和山伯雙雙化為蝴蝶，翩翩飛舞，為世上千千萬萬愛情得不到圓滿結果的戀人，留下一絲淒美的安慰。有天清晨，我在溪頭的山路上散步，看到路旁草叢中，有一株小花不停搖擺。當時沒有風，附近所有花草樹木都寂然不動。我停下來察看，心中忽然有一個念頭：是哪一位故人，在這裡等候一踐五百年前的舊約呢？我徘徊良久，不忍離去。

我小學一年級讀平度城西關小學。上學途中要經過西門外護城河邊一排低矮的破房子，聽說從前是給乞丐們住的，如今已經廢棄。我每次經過，都會有一種神祕的感覺，好像其中隱居著一位身懷絕技的落難英雄。孫臏和龐涓同門學藝，龐涓得到魏國重用，名揚天下，孫臏前往投奔。不料龐涓嫉妒孫臏的才智在自己之上，加以陷害，砍去他的雙腳。多虧齊國的使臣，將他掩藏在乞丐當中，偷送出境。後來齊魏交戰，孫臏用「增兵減灶」之法，誘龐涓至馬陵道中，將忌才負義的龐涓，亂箭射殺於大樹之下。記得姨母說，龐涓以為齊軍敗走，連夜追趕，到達一棵大樹之下，隱約見樹身有一處削去樹皮，上有字跡，命部下亮起火把，只見樹上大書：「龐涓死於此」。心知中計，但齊軍已經萬箭齊發。真是大快人心！可惜在現實生活中，正義並非常常得到伸張；壞人也非常常受到懲罰，而且往往「而富貴，而名譽，而老健不死」。為人間留下多少遺憾！

我小時候很會幫外祖母做事。上街買醬菜，買點心；客人來了到「茶爐」買開水，一路歪歪斜斜提回家。稍微大一點，就會穿起長袍，代表外祖母參加婚喪喜慶。我還記得老老娘去世時，我到靈堂前，跪拜在地，照著姨母的吩咐大哭三聲：「我的老老娘呀、我的老老娘……」老老娘是外祖母的母親。她炕頭旁邊桌子上的瓷食盒裡裝著各種點心，我每次去問安都會得到一點，我也在她那裡吃到生平第一隻香蕉。我記得她斜靠在炕上，看到我時流露憐惜的眼神。她兒女眾多，女兒們都嫁到富貴人家，只有最小的女兒，我的外祖母，最是不幸。

骨肉流離道路中

我住外祖母家一直到念完小學三年級。三年級暑假，母親接我到鄉下和家人同住。因為父親參加了游擊隊，在日軍佔領縣城之後，舉家遷往偏遠的鄉間。暑假結束，我貪戀和家人在一起的熱鬧，以及鄉居生活的逍遙自在和種種樂趣，背棄外祖母和姨母的恩情，不肯返回縣城。母親無奈，只好由妹妹代我回去。聽說外祖母每聽到牆外有小孩說話聲，就以為是我回來了。這種感覺到我自己作了祖父，更能深刻的體會。少年負義，常讓我感到罪孽深重。

抗日戰爭勝利後，共產黨乘時而起，在短短幾年當中，讓千千萬萬飽受日本人侵略之苦的無辜百姓，再遭家破人亡之痛。正如白居易的詩句：「田園寥落干戈後，骨肉流離道路中。」我家也經歷了骨肉流離，在青島重聚。然而青島也不是可以久居的地方。

我到後來念經濟學，深切了解馬克斯思想的錯誤和共產主義的荒謬。然而歷史的逆流如洪水，讓全世界十數億人口，在數十年之間，淪入貧窮、恐怖與死亡的困境，再回頭已經犧牲了幾代人的幸福。渺小的個人有多少機會可以選擇？縱有機會，又有多少智慧可以判斷?而那些原來未必沒有崇高理想的政治領袖，結果竟成殺人不眨眼的惡魔。邪惡固然危險，無知有時更危險，以無知為有知不但危險而且可怕，政治權威以無知為有知則是災害，甚至成為浩劫!

在亂世中苟全性命

姨母回憶說：「共產黨來了以後，你老娘把家裡的舊衣服修修改改，拿到街上賣，維持我們兩個的生活，不但夠吃，還可以剩下。」她眼睛含笑，有一份嚮往。外祖母賣了幾個月舊衣服，被共產黨拉到街上遊街。但她只是一位與人無爭善良慈祥的老太太，地方上沒有人願意鬥爭她。後來國軍收復平度城，得以逃到青島和我們同住。

姨母在青島嫁給一位律師，並跟著姨父赴臺灣。我們甫在青島團聚的家人也很快又分散。我於不久後來臺灣，有姨母可以依靠，是重要的原因。因為來了臺灣，我才有機會受高等教育，也才有後來種種發展。

青島棄守後，外祖母回到掖縣舊居，家族分給她幾間房子。母親返回平度城，但文村巷老家早已被人佔據，沒有容身之地，帶了弟弟和最小的妹妹，到掖縣投奔外祖母。

外祖母在文化大革命時期病逝，未能熬到鄧小平改革開放。「大躍進」時期，母親因為在公社的廚房工作，弟弟每天到海邊撿一點海產賣錢，倖免於餓死，提心吊膽，避過一次又一次的鬥爭。在改朝換代、天翻地覆的大動亂中，人命如草芥，能夠苟全性命已是很幸運了。

過了一會，姨母又說：「我每想起你四姑老娘就很難過。」四姑老娘是外祖父的堂姊或堂妹。「共產黨來了，你四姑老娘叫她孫子快跑、快跑，跑的越遠越好！可是十三、四歲的孩子能跑到哪裡去呢？跑了半天還是回到奶奶身邊。八路頭說：『你回來了？很好！我們正在找你。』吩咐把他們一起活埋！」我說：「姨，不要說了，都過去了。」兩個人相對無言。

（八十八年九月十五日〈中央日報副刊〉）

他鄉生白髮，舊國見青山

——《山東人在臺灣》書後

《山東人在臺灣》叢書的最後兩冊《人名錄》上、下，於今年一月農曆年前，由李瞻教授整理完成，交印刷廠排印，李瞻兄和我都有如釋重負之感。八年前，于宗先院士提議撰寫一套叢書，為在臺灣的山東人五十年的努力和貢獻留下一點歷史紀錄，當時我覺得立意雖好，但困難重重，幾乎是不可能的任務。然而由於大家都熱烈贊成，不敢推諉，只好追隨在眾多熱心的鄉賢之後，努力以赴。如今工作接近完成，過去所擔心的一切問題，都一一解決，印證了家鄉的一句老話：「天下無難事，只怕有心人。」

這套叢書包括《人名錄》共十六冊，約四百萬字，紀錄了自戰後、主要自民國三十八年政府從大陸撤退以後來臺灣的山東人，在各個領域中的成就和貢獻，他們的質樸、勤奮和堅毅；也見證了過去五十年臺灣在各方面的發展。有勤奮努力的人民，才有繁榮進步的社會。不過我們也必須認知，如果沒有一個健全有效率的制度，一個清廉有能力的政府，縱然人民勤奮也是枉然。

在這段時期中，中華民國政府在臺灣生聚教訓：發展教育，培育人才；建設經濟，富裕民生；也緩步走向政治民主。從早期的風雨飄搖走過，臺灣的經濟快速成長，所得增加，財富累積，到一九七〇年代後期，和香港、新加坡、南韓同以經濟發展的成就，領先其他發展中的國家，被稱為「四小虎」或「四小龍」(the four young tigers, dragons)，直追經濟先進的國家。

同一時期，大陸則經歷了全面公社和大躍進的失敗，文化大革命的破壞，哀鴻遍野，生靈塗炭。對於避秦來臺的山東同鄉來說，真如元末兵亂避居會稽九里山的畫家和詩人王冕的詩句：

山河頻入夢，風雨獨關心；
每念蒼生苦，能憐蕩子吟！

也感謝天佑中華，在臺灣和香港為中華民族的長遠發展保存了希望的種子。

我們很高興看到大陸從一九七〇年代末期開始的改革開放，使國家重現生機。我們也很高興臺灣和香港的資金、技術和成功的經驗能對大陸的經濟發展有所貢獻。如今臺灣和香港已晉級世界先進經濟（advanced economies）之林，大陸則是過去二十年世界上經濟成長最快的國家。根據世界銀行的統計，一九八〇至九〇年其GDP的平均年成長率為百分之十點一，一九九〇至九八年為百分之十一點二，大約和臺灣在一九六〇年代和一九七〇年代快速成長時期的紀錄相當。將來如能在經濟上繼續合作，短長互補，在文化上繼續交流，增加了解和互信，必能共創兩岸的經濟繁榮，為未來的和平統一創備有利的條件。鄉賢孟子早為兩岸中國人的相處之道留下了指導原則：「惟仁者為能以大事小，惟智者為能以小事大。」希望兩岸的領導人善體先賢的智慧。無奈現實的作為，常讓我們感到霸道和愚蠢！

為這套《山東人在臺灣》的完成，我們要感謝很多人，我在叢書的序文〈夢醒不知何處〉中已有表示，現在只想對兩個人特別表達感謝之意。一位是叢書的執行編輯，也是吉星福、張振芳伉儷文教基金會的執行董事，李瞻教授。李瞻兄籌劃整個叢書的結構，聯繫各書的主編，承擔每本書最後的審閱和最後兩次甚至三次的校對，他對叢書的每一個字都看過兩遍或三遍以上，他也負責出版後的寄送和種種瑣碎的事務，並負責全部財務工作，如果沒有李瞻兄獨任繁巨，我們這套《山東人在臺灣》可能至今尚停留在談論的階段。另外一位是翟醒宇董事長，翟董事長並非同鄉中最富有的企業家，但他是最熱心的一位。他深知知識界的同鄉書生，本身既無財力，又羞於開口向有財力的鄉長求助，於是挺身而出，向企業界的鄉賢募款，使我們在財務上沒有後顧之憂。

本叢書每出版二、三本或三、四本，我們都舉辦發表會，分贈與會及有關的鄉長，寄贈圖書館；也經由不同的管道贈送家鄉山東的學術機構和黨政領袖。去年六月，我追隨盧毓鈞表叔，攜帶甫出版的叢書第十四本《工商篇》，返鄉探親。「少小離家老大回」，看到故鄉建設進步，規劃宏遠，感受親情的關切和鄉誼的溫馨，想起唐司空曙的詩句：

世亂同南去，時清獨北還；
他鄉生白髮，舊國見青山。

悲喜交集！毓鈞表叔慨允捐贈山東各縣市《山東人在臺灣》叢書各一套，「山東省魯臺交流研究促進會」慨允代表接受，分送各地，刻正由李副祕書長恆泰兄安排中；我也代表大家，敬致感謝之意。

（序《人名錄》，《山東人在臺灣》叢書，臺北，三民書局經銷，九十年五月）

第三部 師友

相見亦無事　不來常念君

——佚　名

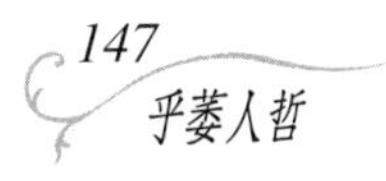

哲人萎乎

——我所認識的李國鼎先生

被尊稱為臺灣經濟奇蹟的「建築師」和「科技之父」的李國鼎先生於西元二〇〇一年五月三十一日病逝。六月十六日他的家人和舊屬為他在懷恩堂舉行追思禮拜。追思禮拜程序表的內頁印著《聖經》上的名句：「那美好的仗我已經打過了，當跑的路我已跑盡了，所信的道我已經守住了。從此以後，有公義的冠冕為我存留……。」雖然這樣的讚美李國鼎先生毫無疑問的當之無愧，李先生如今應亦了無遺憾的安息主懷，然而坐在禮拜堂前排，仰望他彩色放大的遺照，總覺得他悲憫的笑容中，含著一些憂傷。回憶過去四十年和他相處，他是一位慈祥的長者，一位可以信靠的朋友，一位傾聽意見的長官，從此天人永隔，不禁難抑悲傷，淚眼模糊起來。

初識李國鼎先生於美援會

我初識李國鼎先生於四十年前。一九六一年二月，我服預備軍官役完畢，經王作榮先生延攬，進入美援運用委員會王先生主持的經濟研究中心服務。美援運用委員會和中國農村復興聯合委員會是當時臺灣人才最盛、待遇最高的兩個公務機構。美援會是行政院下的一個委員會，農復會則由中美專家共同組成委員會，所以名稱中有「聯合」二字。美援會負責工業與一般經濟發展，臺灣的經建計畫也一向由美援會與其後來一再改組而成的機構如經合會、經設會、經建會負責，農復會則負責農業發展與農村建設。這兩個委員會由於經費來自美援，又未納入政府正式組織，因此有較多的資源和較大的自由度，網羅人才，超越意識型態和一些政治禁忌，從觀念到政策，大力推動臺灣的經濟發展。

一九六〇年代之初，正是臺灣經濟經過一九五八至六一年的外匯貿易改革，匯率制度從複式回歸單一，發展策略從進口代替轉為出口擴張，進入快速成長時期的開端。物價趨於穩定，貿易差額改善，從一九六〇年代的逆差縮小，於一九七〇年達到平衡，繼而順差擴大，至一九七三年亦即第一次石油危機發生的一年，順差達 GNP 的百分之五點三。從一九六一年到一九七三年，GNP 的平均年成長率達百分之十點七。失業率逐年下降，一九七二年至七四年都在百分之一以下，可謂超充分就業水準，成為物價膨脹的來源。一九五〇年代末期與一九六〇年代初期，臺灣經濟發展最重要的課題，就是排除投資障礙，改善投資環境，鼓勵儲蓄與投資、拓展出口，吸引僑外資來臺投資，以補國內資源的不足。到處都是問題，但也到處都是機會。在此關鍵時刻，我們要感謝一批隨政府播遷來臺兼具現代西方科技知識與傳統中國士人風格的所謂「技術官僚」(Technocrats)，他們在政治領袖的信任和授權下，公而忘私，獻身國家經濟建設。美援會的副主任委員尹仲容先生和祕書長李國鼎先生就是其中的代表人物。

當時美援會的主任委員由行政院長兼任，尹仲容先生以副主任委員負實際責任。尹先生同時又是代理中央銀行業務的臺灣銀行董事長與外匯貿易審議委員會主任委員，他集美援、金融、外匯、貿易大權於一身，又得到財政部長嚴家淦先生的全力配合，在財經界真是叱咤風雲。

李國鼎先生當時似乎尚未進入國家決策階層，但已是財經界一顆閃亮的明星。他出身劍橋，學殖深厚，思想開明，學習能力和吸收能力強，富有創意和實踐力，臺灣早期經濟發展的一些基礎政策，幾乎都在他鍥而不捨的推動之下見諸實施。下面是幾個重要的例子。

(一)人口政策

落後國家在經濟發展之初，由於所得增加，生活與衛生條件改善，死亡率下降，出生率上升，人口成長率提高，食之者眾而生之者寡，幼少年人口的撫養和教育耗用稀少的資源，致使社會儲蓄不易增加，無法累積必要的資本使經濟持續成長，因此形成所謂「馬爾薩斯人口陷阱」(Malthusian population trap)。

臺灣戰後經濟發展之初，正面臨這樣的困境。一九五〇年代和六〇年代初期，人口的自然成長率在百分之三以上，一九五〇年代前半都在百分之三點六左右，識者憂之。王作榮先生為尹仲容先生寫過一篇文章，題目是：「假定人口成長率是百分之一點五」。假定人口成長率只有百分之一點五，我們就會有更高的儲蓄率和投資率，支持更高的經濟成長，使經濟迅速壯大。然而當時的政治氣候卻相信國父孫中山先生在民族主義中的人口政策，主張人口增加。美援會和農復會的專家則主張實施家庭計畫，節制生育，降低人口成長率，李國鼎先生是其中倡導最有力的人物。一九六一年一月一日美援會在臺北火車站前臺灣省立博物館舉辦盛大的加速經濟發展展覽會，圖示人口增加對經濟發展的不利影響，並鼓勵儲蓄。觀者如潮，我也擁擠在人群之中，為之動容。後來減少人口成長有利於經濟發展的觀念，終於成為社會的共識，也正式納入國家的政策之中。

㈡十九點財經改革措施

十九點財經改革措施係於一九五九年美國方面提出八項財經改革建議，經納入美援會為「加速經濟發展」所擬的改革構想整理而成。其內容包括節約消費、鼓勵儲蓄、投資、改善投資環境、扶植民營企業、促進出口、改革稅制、建立單一匯率制度、放寬貿易管制、建立中央銀行制度、健全銀行體制等，雖然有一些具體措施，但基本上是建立一個健全經濟體系、促進經濟發展應採的一些政策原則。李國鼎先生在他的〈從物理學者到財經首長之路〉一文中，回憶他隨尹仲容先生、嚴家淦先生向蔣中正總統報告十九點財經改革措施，由嚴先生逐項說明，蔣公逐項同意，李先生作成紀錄。一九六〇年一月經行政院通過發布。當時扶植民營企業已為政府的政策，外匯貿易改革也已開始實施，匯率制度從複式邁向單一，臺灣正需要改善投資環境，排除投資障礙，鼓勵投資，以促進經濟發展。臺灣一九五八至六一年的外匯貿易改革受到全世界研究臺灣經濟發展的學者重視，十九點財經改革措施則因為其一般性較少受到注意。然而在一九六〇年代臺灣的主要財經制度改革與經濟政策，大致都依循十九點改革措施，使臺灣經濟迅速脫胎換骨，在發展中國家間脫穎而出。

㈢獎勵投資條例

獎勵投資條例也是十九點財經改革措施一部分內容的實踐。李國鼎先生擔任美援會祕書長時期，同時擔任行政院工業發展投資研究小組的召集人。一九五九年十二月，他在美援會調集相關人員，組成工作小組，協助投資人解決問題，並研究妨礙投資有關的法令。這些法條如一一加以修訂，涉及十數個法案，可能曠日持久，而且不一定得到希望的結果，於是提出改善投資環境條例的構想，於一九六〇年二月份的美援會委員會通過，更名為「獎勵投資條例」，報經行政院通過，六月送立法院審議，八月修正通過，九月十日公布實施。

「獎勵投資條例」可能是臺灣經濟發展中最重要的立法，其主要內容為便利工業用地取得與以租稅減免的方式獎勵儲蓄、投資與出口。「獎勵投資條例」為期十年，延續兩次，修正十五次，隨經濟發展階段與政府的發展策略，修訂獎勵的內容；一九九〇年底到期後不再延長，由「促進產業升級條例」取代。

㈣創設加工出口區

加工出口區的構想是李國鼎先生的創見，臺灣也是第一個設立加工出口區的國家。李先生前在經濟安定委員會工業委員會工作時，鑑於進口棉花有關稅，紡成紗有貨物稅，紗或布出售時又有營業稅，使成本增加，妨礙出口，建議外銷時退還關稅和貨物稅，獲得採納實施。他又建議進口木材製造三夾板先不收木材的貨物稅，只予記帳，而於三夾板外銷時註銷，並以美援相對基金彌補政府不收木材貨物稅的損失。

加工出口區的構想，將工業區便利土地取得、簡化行政手續與自由貿易區免除進口收稅、出口退稅的雙重利益合而為一。中央研究院院士、史丹福大學劉遵義教授在七月二日《中國時報》的大作〈臺灣經濟成長的火車頭——悼李國鼎〉一文中，有下面一段話：

此外李先生率先提出加工出口區的構想，讓所有生產材料可以不必課徵關稅或其他稅負自由進口，所有產品也可以自由出口；並在高雄設立了全球第一個加工出口區，高雄加工出口區提供廉價的勞工及土地，加以稅務優惠及有效率的管理，吸引許多外國投資人。從此以後，加工出口區的構想在全球各地廣受模仿，包括中國大陸。（尹德瀚先生譯文）

美援會投資小組早在一九六〇年開始研究在高雄港設立自由貿易區相關的問題。一九六三年美援會改組為國際經濟合作暨發展委員會，完成加工出口區設置管理條例草案。一九六四年七月行政院通過，一九六五年一月完成立法。同年三月，經濟部設立高雄加工出口區管理處籌備處，選定地址，興建廠房，七月開始接受設廠申請。

以捉刀為榮

我在美援會經濟研究中心的工作是作研究，並寫一部分尹仲容先生和李國鼎先生的文章與演講稿。王作榮先生要求，雖然是報章上的文章和演講稿，也要認真當作研究報告來寫。我記得我給尹先生寫的第一篇文章，是〈中華民國五十年來的外匯貿易制度〉。為了這篇文章，我跑了一個月南港的中央研究院，閱讀文獻，蒐集資料，使我在匯率理論、複式匯率與單一匯率變革方面，獲益甚多。

我那時剛服完兵役。在臺大經濟學系和研究所讀了七年，學到一些理論與政策的皮毛，由於師長偏愛，從大學時代就偶在專業刊物上發表文章，斗方名士，沾沾自喜。這時候得以一展所學，為首長捉刀，感到很大的榮譽，因此工作勤奮，往往夜以繼日。我的工作大致都是由王作榮先生交辦，完稿後王先生如認為可用，就向上簽報。偶因題目不熟悉，有所請示，王先生就會指點一些方向，可是對於我寫的文章從來隻字不易，倒是我自己會有一些不放心。有一次我問王先生，為什麼從來不改我的文章。他說讀書人自尊心很重要，我們要尊重；文字各有偏好，大致沒有問題就好了，不可多加改動。他的話使我愈加惕勵，小心翼翼，免得自己出差錯讓長官失去光彩。

唯一有一次，我引用了一句《孟子》「七年之病，蓄三年之艾」，王先生到我辦公室確認，到底是七年之病蓄三年之艾，還是三年之病蓄七年之艾？我說是七年之病蓄三年之艾。他說為什麼他的印象是無論如何都來不及了。王先生這樣一說，我也失去了信心，我辦公室還有別的同事，大家都沒有把握，最後去查《孟子》，確定原寫的無誤。雖然如此，我卻得到一個教訓，不敢對自己的記憶力太有信心，稍有疑慮就去查證。最近我有一次演講，準備了很詳細的綱要，送到主辦單位，先行分發。其中有一句說嚴復譯「達爾文的《天演論》」。到了演講的前一個晚上，我複習講稿，心生懷疑，究竟是不是達爾文的《天演論》？一查辭書，才發現《天演論》的作者是赫胥黎。可是稿子已經發出去了，真是駟馬難追，一夜無奈，輾轉難眠！

我雖然給尹仲容先生和李國鼎先生寫了不少文字，可是直接見面的機會不多。最常遇到的地方，回想起來，倒是懷寧街一一八號美援會進門狹窄的樓梯，每天傍晚下班我們下樓梯去趕交通車的時候，常會和剛從外面回來的尹仲容先生擦身而過。他身兼臺灣銀行董事長、外貿審議委員會主任委員和美援會副主任委員三要職，繫臺灣早年經濟發展成敗重責於一身，勞瘁國事，竟以六十之年病逝！

我和他最多的接觸是有一次他在國民黨中央政策委員會演講，我為他準備了一篇長稿，尹先生覺得我的分析之中未消去季節因素，囑我加以修正。由於演講的時間已到，他先帶了前半篇打字好的稿子赴會，我就在他辦公室外面一面修改，一面交打字、校對、油印，及時給他送去，緊張萬分。

李國鼎先生當時正當盛年，健步如飛，上樓梯一步兩階。他才思敏捷，說話快，早年性子急，和他交談有時候有應接不暇之感。美援會當年有一笑話流傳至今。說是尹仲容今天交代的事情，希望你明天辦好，可是李國鼎今天交代的事情，卻希望你昨天已經辦了。

美援會後來改組為經合會，經濟研究中心改組為第三（經濟研究）處。不久，我辭職回臺大經濟系教書。在美援會和經合會時期我給李先生寫的文章，他只改過兩個字。有一次，我給李先生寫了一篇國際經濟合作方面的文章，談到臺灣對外的技術援助，李先生找我到他辦公室說，他現在的言論漸受到國際重視，「援助」二字對受援國感覺不大好，應改成「合作」。我想，他原可逕在文稿上修改，當面告訴我應是表示鼓勵之意。還有一次李先生主持一個會議，我奉命代表經濟研究中心去參加，會中討論要開徵一項稅捐，現在想不起是什麼名目，只記得不是很符合公平合理的原則，不過徵收容易。我就發言反對，表示政府不該採取「抗拒最小原則」。李先生看了我一眼，竟未繼續討論下去。

我於一九六一年二月間進入美援會，到美援會改組為經合會後於一九六四年九月離開，當中有九個月由美援會推薦拿國際勞工組織的獎學金到曼谷的聯合國亞洲暨遠東經濟委員會接受在職訓練，研習經濟發展和經濟計畫，實際上在會裡工作的時間不到三年。

而且職位低，初進美援會是薦派最低階的「處員」，相當於一般機關裡的科員，第二年升為「專員」。但是因為替機關首長寫文章，這兩位首長又是財經界的紅人，跟在他們後面，附驥尾而益彰，也有機會認識他們身邊一些重要、充滿發展潛力的人物，後來各自身居要津，使我雖然回到學術界，又兩度赴美進修，但一直和政府財經部門保持良好接觸，對我的研究工作有很多幫助，我也偶有機會向政府建言。

一九七二年，臺灣由於對外貿易出超擴大，外匯資產與貨幣數量大增，經濟成長率高，達百分之十三以上，失業率則降到百分之一以下，物價上漲，尤以消費者物價為甚。這種情形發展到年底更為嚴重。新臺幣升值的壓力很大，然而產業界多反對升值。那時李國鼎先生是財政部長。一九七三年初，他找我到財政部，希望我在報上寫篇文章，他的意思可能是希望新臺幣不要升值。我當時的看法是應該適度升值，可是因為李先生有這樣的意思，我一時不是很有自信，就說我現在還不敢十分確定，要回去仔細研究一下，萬一我主張升值如何？李先生立刻說，沒有關係，你研究的結果如果認為應升值就照實主張。李先生就是一個這樣的人，他雖然創意很多，新點子一下子就出來，可是心胸開闊，從善如流，令人願意給他出主意，跟著他工作。後來我寫了一篇文章，發表在《聯合報》，主張升值。政府不久也將新臺幣從四十元兌一美元升值為三十八元兌一美元。事後檢討，這次新臺幣升值太晚也太少了。

隨李先生出國開會的苦與樂

李國鼎先生常出國開會，他把出國開會當作一種學習和交朋友的機會，所以他的知識新而且廣，交遊滿天下。一九八五年四月，他在外交部駐外人員訓練所的一次演講中提到，他參加過的各種國際性會議有七十次之多。在這七十次會議中，我有幸追隨他參加過一次。我另外還跟他參加過一次國際學術性的集會，不過是一九八五年之後，沒有計算在他的七十次國際會議之中。

一九六八年四月，聯合國亞洲暨遠東經濟委員會在澳洲坎培拉舉行年會，李國鼎先生以經濟部長身分擔任中華民國首席代表率團參加。他從臺大經濟系徵調我為代表團的顧問，幫他草擬在大會的演講稿，另外有一項我自己的任務，就是在會中報告我國的統計工作發展情形。李先生做事積極，講求效率，一次參加國際會議的行程往往安排好幾件事情，一併進行。這次會議好像就順道和澳洲政府簽訂了中澳貿易協定，並且同年十一月就在臺北舉行第一屆中澳貿易暨經濟關係會議。

行前我寫好了演講稿，並經我在經合會的舊日長官崔祖侃先生潤飾，李先生核定。可是在到澳洲的飛機上，我們拿到亞遠經會祕書處為大會準備的亞洲暨遠東地區當前經濟情勢報告。這份報告是大會最重要的文獻。李先生交給我一份在機上研讀。我讀了不到一半，他已經看完全文，作了很多註記，要我參考新資料照他的指示修改講稿，害我一路埋頭苦讀，細加鑽研。到了坎培拉的晚上，大家出去赴宴，留下我在大使館工作，大使館指派一位當地的老太太幫我打字清稿。

第二天正式開會，有很多官式的報告和演講。下午進入議程，各會員國首席代表依序發言。當天沒輪到我們中華民國，可是李先生聽了別的國家的報告，又要補充他的講稿，我也因此再留在大使館加班。

由於一連兩個晚上忙李先生的稿子，我自己的報告一直沒時間準備。我對統計原本不內行，從臺灣帶來一些資料也沒有機會整理。大會第二天議程排了我的報告，然而我卻連講什麼都沒有頭緒。我那時候的英文，寫寫本行的文章尚可勉強應付，若說不用稿子報告本行以外的主題，則沒有那種本事。眼看各國代表輪流發言，只能希望他們講得久一點，也希望時間過得快一點，讓這一天快一點過去，真是憂心如焚。我旁邊的方賢齊先生跟著我緊張。他大概已經看出我無法應付了，就自告奮勇要我告訴他一些要點，他代我報告。可是我連要點也說不上來。所幸就在快要輪到我們中華民國的時候，時間已到，主席宣布休會，明天繼續，使我得到一個額外的晚上，連夜寫成文稿。

亞遠經會的會議結束後，李先生還安排了很多參觀、訪問和旅遊活動，事隔三十餘年，只剩下一些模糊的記憶。不過我記得行程緊湊，我們隨行的團員都疲憊不堪，只有李先生一個人始終精神奕奕。澳洲地廣人稀，有時候車行數小時，少見人煙，倍感寂寞無聊。我和方賢齊先生坐一輛車子。方先生一面抽菸，一面打瞌睡，竟將西褲燒破一個小洞，這件事被我們當作笑談。三十多年，每次看到方先生，我都會想到一九六八年我們澳洲之旅。方先生當時是交通部常務次長，他擔任交通部電信總局局長多年，是臺灣電信事業的元老和大功臣。後來我發現政府的一些財經首長，包括孫運璿、李國鼎和費驊，遇到重大科技問題都向方先生請教。一九七四年初，行政院蔣經國院長請祕書長費驊先生研究下一波應發展的產業，費先生第一個就找方先生，方先生介紹在美國的潘文淵先生，才有後來工業技術研究院的積體電路開發計畫，也才有後來臺灣半導體產業的發展。

方先生後來擔任工研院院長多年，退休後聘為特別顧問，繼續關切工研院和臺灣科技產業的發展。我因為和方先生同屬一個友誼性的社團，三十年來見面的機會很多。最想不到的是我在公務生涯的最後階段，竟擔任工研院董事長，有機會和方先生共事，直到去年政府易手，可謂有緣。

在澳洲還發生了一件有緣的事，就是和謝森中先生相遇，謝先生時任亞洲開發銀行投資計畫處處長，也來參加亞遠經會的會議。我向來有鼻子過敏的毛病，這次因為長途飛行，旅途勞頓，又有工作的壓力，到了澳洲，氣候變易，過敏症發作鼻涕眼淚流不停，十分狼狽。謝先生和我同病相憐，而且更嚴重，隨身帶有藥物，多虧他賜藥解除我的痛苦，才能勉力從公。多年來我一直念念不忘。我在臺大經濟系讀研究所的時候，謝先生在商學系開「直線規劃」(Linear Programming)，算起來是我的師輩。那時他的本職是農復會農業經濟組組長，李前總統登輝先生是他組裡的技正，兩個人一起寫文章。我作研究生兼經濟系助教的時候，曾受他們之託將他們合著的《臺灣農業發展的經濟分析》譯為中文，謝先生和李先生都覺得滿意。

一九七三年，政府改組經合會為經濟設計委員會，由我前在美援會的老長官張繼正先生擔任主任委員，從臺大經濟系借調郭婉容教授和我為副主任委員。一九七八年，經合會改組為經濟建設委員會，由俞國華先生以中央銀行總裁兼主任委員，我仍做副主任委員。後來謝森中先生離開亞洲開發銀行返國，也來經建會任副主任委員，共事多年。一九八三年，謝先生到交通銀行做董事長，八四年我回臺大。近年謝先生任中華經濟研究院的董事長，我也是董事，謝先生出國時每囑我代為照顧。三年前駱錦明先生創辦臺灣工業銀行，請謝先生擔任董事長，也邀我擔任一席董事。上個月駱兄安排工銀的董監事和員工及眷屬到桂林旅遊，我和內人帶著四歲的孫子追隨謝先生伉儷參加。四十多年前，我以一個研究生的身分翻譯他的大作，完全沒想到後來在人生旅途上又有許多交集，如今都垂垂老矣！泛舟江上，流年似水，共話舊事，欣喜中不免也有感傷。

我另外一次跟李國鼎先生出國，卻是一次輕鬆愉快的旅程。李先生一九七八年加入蒙帕侖學社(Mont Pelerin Society)，不久也介紹我參加。蒙帕侖學社是自由主義大師諾貝爾經濟學獎得主海耶克(Friedrich A. von Hayek)教授一九四七年發起成立的一個鼓吹經濟自由、反對政府擴大與干涉的學術團體，由於第一次集會在瑞士阿爾卑斯山 Mont Pelerin 小鎮的一家旅館，因以為名。在其大約五百人的會員中得過諾貝爾經濟學獎的除了海耶克（一九七四）之外，尚有傅利曼 (Milton Friedman, 一九七六)、史提格勒 (George Stigler, 一九八二)、畢坎南 (James Buchanan, 一九八六)、亞賴 (Maurice Allais, 一九八八)、寇斯 (Ronald Coase, 一九九一)，和貝克 (Gary Becker, 一九九二)；有趣的是其中四人是芝加哥大學的教授，而海耶克自己也曾在芝大教書（一九五〇—六二）。

儘管此一主張私有財產、市場經濟、企業自由、自由競爭的學術團體看起來陣營強大，而自由化、全球化如今已成為世界經濟的主流，然而五十多年前海耶克和另外三十八位來自十個國家的同道初創蒙帕侖學社的時候，世界經濟思潮，則主要為共產主義國家的計畫經濟，和以凱因斯 (John M. Keynes) 需要調節 (demand management) 理論為基礎的政府干涉主張所主宰。海耶克當年孤軍奮鬥，是何等勇敢並對他的理論滿懷信心！

這次集會是在義大利北部山下的 St. Vincent 小鎮，時間是一九八六年秋天。我們先在羅馬會合，停留一天，搭國內飛機到米蘭諾，再換車到更北方開會的山城。同行除李先生和他的隨員，還有我的老師華嚴女士和政大陳聽安教授。我們由駐教廷大使周書楷先生陪同參觀了羅馬的古競技場和噴水池，閒坐山頭鄉村小店，享受撈自湖中的鮮魚，俯看滿山遍野的葡萄樹，胸懷舒暢；不過也領教了義大利人忙著說話、無暇做事的淩亂無章，心中對諾貝爾經濟學獎得主克萊恩 (Larence Klein) 教授的預測，臺灣的平均每人所得將於二十世紀末趕上義大利，生出無限信心。

第二天一大早，大家在李先生的房間集合後，出發到飛機場，一路聊天。車行到半路，李先生忽然問：我的行李拿出來沒有？什麼人帶著我的行李？大家面面相覷，原來忘在李先生的房間裡。正慌亂間，後面有人飛車趕到，把李先生的行李送來，大家喜出望外。這件事讓我得到一個小小的教訓，就是旅行中必要的文件和隨身需要的東西，一定親自料理，親自攜帶，絕不假手他人。我不論到什麼地方演講，演講稿也一定裝在自己口袋裡，絕不由別人放在講臺上。我常想這樣放不下，大概就是我無法做大事的一個原因吧。

到了機場才發現華教授和陳教授的機位被取消，他們只好去坐火車，我和曹嶽維先生隨李先生乘飛機。到達米蘭諾後，大會有大巴士接從世界各地來的會友。我們坐上大巴士，看接待人員忙上忙下，進進出出，問，我們還在等什麼人，要等到什麼時候？由於語言不太通，也沒有什麼章法，一概不得要領。時間一分一分過去，一小時一小時過去，早過了中午吃飯的時間，待要下車買點吃喝的東西，又怕車子下一分鐘要開。一直等到華先生和聽安兄坐了五個小時火車趕來，大巴士才開車。我們這邊幾個人又飢又渴，華先生他們也有抱怨，因為他們和兩個義大利人坐一個包廂，這兩位老兄以義大利特有的男高音天賦，一路高談闊論，使華教授和陳教授無處躲藏。記得曹嶽維兄建議說：下次碰到，抓住他們雙手，義大利人不能手舞足蹈就不會講話了。我們聞言大笑，解除所有疲勞。

李先生朋友多，名聲遠播，加以臺灣經濟發展表現好，令世界刮目相看，會議期間大家都找他講話。我們其他人既沒有論文發表，也沒有別的任務，隨興聽演講，樂得清閒。對我來說，更是開了平生最沒有負擔的一次國際會議。其他時候我往往在到達會場的頭一天晚上還要趕寫尚未完稿的論文；有時要我評論的論文到前一天晚上仍不送來，第二天一面聽報告，一面翻論文，心中盤算要怎樣講幾句有意義的話，以善盡評論人之責。如今欣喜年紀老了，這樣緊張的日子應不會再來。寫到這裡，忽然想起十幾年前，我陪李先生坐在主席檯上，李先生應邀對會議最後的幾項結論報告作一綜合評述。他原希望拿到資料先看一下，可是書面資料尚未整理成章，我記得他說：這樣也好，如果聽了兩小時報告，還不能作出一番評論，人就該報廢了。李先生那時候約在七十多歲的後期，他的話讓我時時刻刻警惕自己。然而李先生驚人的綜合反應能力直到去世前從未失去。

在任何位置上都能開展新局

一九七六年六月，李國鼎先生辭財政部長獲准，轉任政務委員。政務委員在行政院的組織中有多重功能。它可能是一個觀察、養望的位置，以待將來重用，如李前總統登輝先生，他在出任臺北市長之前，先擔任了一個時期的政務委員。也可能是一個冷藏、投閒置散的位子，如以前的外交部長和駐美大使葉公超先生。也可能是一個應酬或暫時調節的職位。政務委員位高無權，依法是內閣閣員，在行政院院會的簽名中排在部會首長前面，但是沒有特定任務，只處理院長交辦之事。我做政務委員的時候，只有一間狹小的辦公室，祕書的桌子安置在門口的走廊上，讓我對我的祕書小姐感到抱歉萬分。這種安排擺明了讓你知道你是不被重視的。不過聽說更早兩位政務委員合用一間辦公室，想用辦公室時要先打聽一下，另外一位「室友」是否不來。

不過，積極負責的態度應是在任何位置上，既然接受，就該努力去做，不要問長官對我到底是什麼意思，只問我對國家能有什麼貢獻。李國鼎先生是不論在什麼位置上，甚至沒有位置時，都發光發熱、有創意和能夠開展新局面的人。實際上，就在臺灣經濟經歷一段時期快速發展，正要脫胎換骨，從一九六〇年代的勞力密集產業，和一九七〇年代的資本密集產業，走向一九八〇年代的技術密集及後來的科技產業時，李先生適時轉換職務，他建議行政院成立應用科技組，召開科技會議，規劃科技發展，先後幫他的老同事孫運璿院長和俞國華院長，推動臺灣高等教育發展和科技發展，為科技產業的突飛猛進打下堅實的基礎，真是臺灣的大幸。在李先生擔任財政部長時，孫先生是經濟部長，俞先生是中央銀行總裁。他們三人性格不同，可能並非完全沒有意見衝突的時候，但是他們通力合作，構成中華民國有史以來最堅強的財經內閣陣容，幫助蔣經國先生克服兩次能源危機，完成十大建設，也安然度過中美斷交的難關，使臺灣的技術水準不斷提升，生產力不斷提高，經濟也不斷成長，而於一九九七年晉入世界先進經濟 (advanced economies) 之列。李國鼎先生被尊稱為臺灣經濟發展的建築師、科技之父，身後受到科技界、企業界，和新聞界的感念，是他五十多年來無私無我奉獻的自然結果。

關於李國鼎先生在教育、科技、醫藥衛生方面的貢獻，以及倡導第六倫、推動群我倫理運動的影響，我在很多文字中曾有討論，這篇文章也不能一直寫下去，因此我只想再說一件事，迄尚未見有人寫過。一九七八年年底，美國卡特總統宣布與中共關係「正常化」，和中華民國斷絕外交關係。執政黨因應巨變，成立了幾個小組，研議革新應變的作法。我追隨李國鼎先生和辜振甫先生擔任經濟組的召集人。由於李先生和辜先生各自都有很多重要的事情要忙，所以實際工作就由我和一些經濟學界的同道及我在經建會的同事來做。我們從北到南，開了很多次座談會，廣徵意見，然後加以整理，提出三十幾項建議，基本原則指向經濟的自由化，我記得其中一項是三商銀的民營化。草案完成後，李先生和辜先生都認同，李先生拿給嚴前總統靜波先生看，嚴先生認為都可行。可是李先生向蔣經國主席報告的時候，經國先生不同意三商銀民營化。李先生力陳公營事業民營化的重要性，可是經國先生認為不能讓財團再掌握社會的資金，他認為我們的想法太單純了。李先生不肯罷休，說：「請總統再想一想。」經國先生說：「我已經想過很久了，你們再想一想。」

前幾天我看到葉昌桐將軍的一篇短文，回憶他在經國先生當行政院長的時候擔任他的辦公室主任。有一天李國鼎先生從院長辦公室出來，葉將軍拿公文進去，經國先生正在生氣，口裡說並不是只有你李國鼎一個人可以做財政部長。由此可知李先生剛才和院長有一番爭執。李先生就是這樣一個為了公事可以對長官犯顏直諫的人。可是也得有位開明的長官能體察忠心善意，而不是喜歡巧言令色。

李先生也願意為國家的事、公家的事、朋友的事，甚至不認識的人的事開口求人，不惜以他的地位和名聲去碰釘子，只要是件好事。我自己在公務方面或公益活動方面，遇到困難也常請他幫忙，他無不伸出援手。李先生早年性子急，有時候說話很直接，讓人聽了不高興。我跟他到澳洲的時候，有一次為他說我擋他鏡頭生他的氣，第二年他到新加坡開亞遠經會的年會再請我做顧問，便小氣不肯答應。我的學長錢純兄來看我，告以原委。錢純兄對我說：李先生是很寬大爽直的人，政府的高官當中有要緊的事可以求助的只有他一個人。後來我仍未隨團赴會，但是給李先生寫了演講稿。回想起來，我覺得自己真是太小心眼了，這麼多年還記在心裡，可是李先生根本不知道有這麼一回事。隨了年歲增長，李先生愈來愈慈祥，從來沒見他發脾氣，也沒有見過他疾言厲色。有一次在行政院開會，當時研考會主委魏鏞兄忘記為什麼事說著說著把一疊文件摔在桌子上，李先生很平靜的看著他說：「你來做主席好了。」魏兄可能有點不好意思，離席了一陣子又心平氣和回來開會。地位高的人如果寬容，更能贏得尊敬。

太山壞乎！梁柱摧乎！哲人萎乎！

李國鼎先生走了，很多人都很傷心。六月十六日追思禮拜結束的時候，我看見遠東集團的董事長徐旭東先生到靈前行過禮，掩面痛哭而去。昨日我們一起開「徐元智先生紀念基金會」董事會的時候，談到這件事，旭東兄說：除了他故世的父親有庠先生以外，李先生是非常少數的人他會為之一哭，因為李先生一心為國，他對國家的貢獻太大了。

六月十五日，我在一篇紀念李先生的文章中有下面一段話：

李先生在臺灣經濟與科技發展方面的貢獻大家耳熟能詳，臺灣的產業界包括傳統產業與科技產業、科技界、教育界，特別是高等教育，甚至醫療衛生界，都曾得到他的幫助。如果我們說，臺灣若無李國鼎，高教、科技、經濟不會到達今天的水準，可能也不為過。（《聯合報》）

這些日子，有時候一個人坐著，想到李先生，想到四十年來他的知遇之情，就會不禁流下眼淚。

前幾天，我為這篇文章找題目，想到孔子在他生命的最後階段，子貢去看他。子路方死，孔子正在病中，孔子看到子貢，曰：「賜，汝來何其晚也！」因歎，歌曰：「太山壞乎！梁柱摧乎！哲人萎乎！」涕下，謂子貢曰：「天下無道久矣，莫能宗予……。」（《史記・孔子世家》）

如果拿「太山壞乎、梁柱摧乎」二句話喻李先生的逝世，也許太過分了，李先生有知也一定說不可以。不過看一看我們國家：太山已經頹壞，梁柱也一一摧折，傳統「先天下之憂而憂，後天下之樂而樂」的專業知識分子為只圖近利不顧國家長遠發展的政客所凌駕，如今哲人其萎，感懷斯人，復傷國事，怎不令人倍感悲哀！

（《傳記文學》，第七十九卷，第二期，九十年八月）

相見亦無事，不來常念君

傅安明先生是一位非常寬厚、非常體貼、非常讓人感到溫馨的朋友。

好幾年之前，我在蔡維屏先生的《難忘的往事》一書中，看到一則和傅安明兄有關的感人的故事：抗戰時期，蔡先生在伊利諾大學完成博士學位，經過華府和安明兄相見，然後乘船到香港，再從香港到當時的陪都重慶。船到香港，蔡先生帶的錢用完了，正在發愁，忽然船公司的人交給他一封掛號信，是傅安明兄寄給他的，裡面有美金匯票二十元。安明兄說：「我們分手後，我覺得你川資不太充裕，抵達香港後，可能已無分文，特匯上二十元，區區小數或可救急。」蔡先生書中說，當時安明兄在華府任駐美大使館三等祕書，月薪甚微。這樣體貼的朋友，暗中體察朋友的需要，在最緊要的關頭，作出這樣雪中送炭的事！我們因此可以了解，為什麼蔡維屏先生在五十多年之後還念念不忘，要寫在他的類似回憶錄的書中。

這裡有一段小插曲，稍微提一下。蔡維屏書中提到安明兄，不寫安明而作安民。我當時想，怎麼會把老朋友的名字寫錯了。我自己有時候會做這樣的事，幸好朋友不見怪。我最近看安明兄的文章才知道，安明兄原名安民，一九五四年改為安明。從這裡我得到一個教訓，就是對於和自己的知識、經驗或信念不一樣的事，不要忙著否定，自己要先反省、了解一下，免得莽撞。

安明兄很喜歡幫助人。今年年初他出版了一本大作，書名是《中國近代史大事記》，承他看得起，要我寫序。書出來後，安明兄致送我美金三百元作為稿費。我說，要我寫序已經很有面子了，怎麼可以收錢。安明兄沒法子，只好收回。後來機會來了，他看到我二月十六日在〈聯合報副刊〉發表了一篇〈夢醒無處尋覓〉，是我為一套《山東人在臺灣》叢書寫的序，知道叢書出版缺錢，而我臉皮薄，向人捐錢開口困難，所以致贈五百美元，說是山東人之友的捐助。安明兄就是這樣一位常讓人感到很溫馨的人。

安明兄雖然長我一些年紀，他的專業精深，見多識廣，但他每次回臺灣都會約我相聚，使我獲益很多。前年我在《中央日報》讀到他的一篇大作，文中提到六十年前，他新婚赴美前夕，老太爺把他叫到書房，叮嚀他四句夫妻相處之道，要他謹記。這四句話是：

欣賞他的長處，包容他的短處，
常念他的好處，分擔他的難處。

後來安明兄又從美國寄給我他的另一篇長文，裡面有更詳盡的說明。

我讀過之後，先狠狠地檢討自己一番，覺得大體上已能做到，不過還可以更努力；要從形式上做到，進步到從內心做到，不帶勉強。我很多次參加朋友的婚禮，都引用這四句話，作為對新婚年輕夫妻的祝福，也和很多朋友分享。安明兄真是功德無量。

今年五月二十七日，紐約聖約翰大學的李又寧教授到辦公室看我。李教授是臺大校友，歷史學者，研究胡適的專家。李教授帶給我一些她主編的刊物和紀念胡適的專書。相談之下，她告訴我安明兄去世了，我不敢相信。因為安明兄雖然年逾八十，但一向身體健康，而又樂觀開朗，他的《中國近代史大事記》下集猶待出版。可是我向王友釗兄查證，竟然是真的！

李又寧教授主編的《回憶胡適之先生文集》第一冊，有一篇傅安明兄的大作，《如沐春風二十年》，本文一百零四頁，後面有十八個附錄，全文二百七十六頁，全書不過三百零九頁。

安明兄於一九三七年到四九年在駐美大使館任職。一九三八年十月六日到四二年九月十一日，胡適之任我國駐美大使，安明兄做他的中文祕書。這篇文章對胡先生待人、處事、為學，有十分真切、生動的描寫。安明兄初識胡先生於二十三歲，胡先生四十七歲，大他二十四歲。胡先生說：蔡元培先生長他二十四歲，稱他「小朋友」，因此他也稱安明兄「小朋友」。傅先生離開後，兩個人繼續保持聯繫，維持著令人感動的友誼。傅先生在文中盛讚胡先生對朋友熱心，對年輕的朋友尤其關切，常常托安明兄買英鎊寄給戰時在英國念書的窮學生，又怕傷到他們自尊心，信中只說暫借。胡先生只看到朋友的好處，有一小善就讚不絕口。我生也晚，未及認識胡先生。不過讀過有關的文章、書籍倒很多，內心覺得很熟悉。我覺得傅先生待人接物，溫和、親切，極像胡先生。安明兄也是只看到朋友的好處，見一小善就誇獎、鼓勵，對於自己的學問才華絕口不提。其實我們另外一位共同的朋友也是這樣，而且朋友們有事相求時，從來沒有不熱心幫助的，這位朋友就是在座的蔣彥士先生。可惜這樣的典型在今天這個社會上愈來愈少了。「哲人日已遠，典型在夙昔」！時下流行的風格是，只看權術，只講利害，怎能不令人悲哀！

安明兄在這篇紀念胡適的文章中，記載了一九三六年二月丁文江去世，胡先生哭他的兩首詩，我引用第一首作為講話的結束：

明知一死了百願，無奈餘哀欲絕難；
高談看月聽濤坐，從此終生無此歡！

一九三一年八月，胡適和丁文江（在君）曾到秦皇島避暑十日。兩個好朋友可能曾經「高談、看月、聽濤」。後來丁用元微之送別白樂天兩首絕句原韻，作詩相贈，胡先生也步原韻悼念亡友。我們和安明兄的相聚也從此終生再無此歡了。

剛才王友釗兄提到他和安明兄用一間辦公室，兩個人有時候相對無言。這讓我想起去年十一月我到馬來西亞參加臺大校友的聚會，在南部小城居鑾，看到一幅對聯：

相見亦無事，不來常念君。

友釗兄還說，一九九五年三月，他和嫂夫人自洛杉磯搭機返臺，在機場遠遠看到安明兄拉著簡單行李，緩緩走近。友釗兄問為什麼如此巧合？原來安明兄從閒談中得知友釗兄會搭這班飛機返臺，特地由華盛頓首府飛來，和他結伴同行，令友釗兄嫂喜出望外。

我知道，我們一定會常常思念安明兄，癡想有那麼一天，他翩然回到我們當中！

（何歌健編，《寧靜致遠，傅安明先生紀念文集》，美國傅亞道先生發行，八十七年二月，九十一年四月十六日補充）

懷念邢慕寰先生

邢慕寰先生是我非常敬佩，也常常懷念的一位老師。很遺憾我大學的時候並未選修他的課，但全程旁聽他的國民會計。我是一個十分認真的旁聽生，從頭到尾從來沒有缺過課。剛才大家說的邢先生早期的大作，〈經濟較量與經濟政策〉，我亦仔仔細細地讀過。我畢業後因為留校念研究所，並擔任助教，所以有機會和邢先生有較多的接觸。我當兵的時候，因為劉克智兄是邢先生的助教，一定是由於克智兄的推薦，邢先生委託我做了一份專業刊物上的經濟論文目錄。這是我唯一幫邢先生做的事，但邢先生幫我做的很多。

我第一次到美國念書，拿的是傅爾布萊特獎學金，第二次到美國繳論文，拿的是國科會的獎學金，則是邢先生推薦得來的。我考過論文後，到芝加哥大學念書。那時臺大經濟研究所成立博士班，邢先生教第一年的必修課經濟理論。第二年邢先生不知是身體不好，還是聽到什麼人說了閒話，堅持不肯再教。系主任華嚴教授急召我回國接邢先生的課。經濟系原來的計畫，要我在國外專研總體經濟，忽然要我總體理論、個體理論一起來教，實在沒有信心。我承受了很大的壓力，只有努力讀書，現蒸熱賣，不過也就是這樣的壓力，逼著自己做點學問，後來覺得經濟學有點基礎，可以思考和分析。那年研究生入學考試，邢先生叫我出經濟學的題目，我花了很大功夫，唯恐過不了邢先生這一關。不過邢先生看了我的題目鼓勵我說：「孫先生，你很用心。」

各位可能記得，我做校長時，有一年，行政院郝院長對我有所誤解，在立法院加以責備，引起軒然大波，我立即辭職抗議。就我所知，所有媒體都在支持我，記者朋友在我家門口日夜守候，識與不識的朋友的信如雪片飛來，給我鼓勵，給我出主意。郝院長第三天發現他資訊錯誤，就向我道歉，教育部不批准我的辭呈。不少朋友勸我堅辭，不可接受慰留。在眾多信件中有一封是邢先生的，給我鼓勵、安慰和教誨。後來邢先生對我說，這封信是他親自送到我家。他說，信封未封口，就是告訴我是親自送來的。一個學生即使當了母校的校長，他當年的老師依然愛護和關切。我不是一個勤快的學生，很少到師長家走動，辜負了他們的教誨。有一點覺得可以安慰的是，不論我在學校裡教書，寫文章，或者在政府部門工作，設計政策，幫決策者寫演講稿，我都是大力推動和鼓吹自由經濟的。

邢先生總是覺得很遺憾，未能說服決策者實施經濟自由。他在高希均和李誠所編的一本書的文章中，對政府官員，國外學者談臺灣經濟發展者，有很強烈的批評。有些官員口裡說經濟自由化，但實際做另一套，被外國有名的學者說成務實，邢先生很不以為然。我記得中央研究院經濟研究所有一年在南港開研討會，好像討論工業發展。當時經濟部長是趙耀東先生。趙先生致詞的時候，好像說的都是管制指導一類的話。詳情我不記得，就像趙先生喜歡說他是董事長的董事長，是所有企業家的董事長。邢先生接著講話就不以為然。

政府官員有些人因為專長不同，有時可能不知道自己所做的和所說的原則不一致。其實趙先生基本上也主張自由化。我記得我做經建計畫的時候，請示他可否將汽車進口稅逐年降下來，而且宣布一個期限開放進口，至於汽車廠如何因應，由他們自己決定。趙先生說早該如此。於是經建會就寫在計畫中。

孫運璿先生任經濟部長的時候，有一年我陪他參加企業界春節聯誼會。他演講未用講稿，他主張的都是自由經濟的大方向。大家可能不知道，孫先生擔任行政院長時，想在臺灣找一個地方，發展成自由貿易區，以接替一九九七年以後香港的地位。結果找不到適當的地方，我們經建會也有不少意見。孫院長就決定放棄，但他主張將全臺灣逐漸自由化。後來臺灣境外金融 (off shore banking) 的設立算是一個初步。

一九七八年年底，美國政府宣布與中共關係正常化，和我們斷交。執政黨成立了六個研究小組，研議因應的政策，我追隨李國鼎、辜振甫兩位先生擔任經濟小組的召集人。因為李先生和辜先生當時都很忙，很多會議其實都是我在主持。我們經濟學界的朋友提出了很多建議，簡而言之，就是經濟自由化。也有一個建議是成立中華經濟研究院。這些建議由李國鼎先生拿給嚴前總統家淦先生看，嚴先生認為都可行；可是拿到蔣經國先生那裡，他對公營銀行開放民營不同意。李先生說，這是大家考慮了很久的主張，請總統再想想。經國先生說：「我也考慮了很久，你們再想一想。」公營銀行民營化是我們的建議中唯一未被接受的主張。其餘全部建議都寫在一九八二至八五年的經建計畫中。

一九八四年五月俞國華先生出任行政院院長，他提出的經濟政策基本原則：自由化、國際化、制度化就是我的建議為他採納。俞先生後來成立經濟革新委員會，邀請產、官、學各九人，共二十七人組成委員會，另有分組委員會研究不同領域的問題。會議報告寫成七大本，基調就是自由化、國際化、制度化。

不過，政府的確說的多，做的少。一九七〇年代就一直主張的自由化，直到一九八〇年代後半，臺灣貿易出超累積擴大，外資大量流入，新臺幣被迫大幅升值，才加快了自由化的腳步。我的感覺是，學者出主意比較膽子大，決策者因為要負責任不免膽子小。學者重視長期效果，決策者短期的效果也不能不注意。

種子播下去並不是都會順利發芽成長，有時要經歷曲折漫長的過程。所以邢先生並不孤單，邢先生的觀念發生了很大的影響。吳惠林先生一開頭引用凱因斯的話，指出政治人物以為了不起的觀念，可能來自一個死去經濟學者的主張。我們今天談自由化，談全球化，我們的經濟並非自己走到這裡，而是很多人的努力，讓它發展到這裡。而且，不論世界經濟如何自由化，一些反自由化的理念、主張和政策仍然會繼續存在，而且有時可能很強大。

後記：

十一月二十五日在臺北飛香港途中修訂完成此稿，不禁想起十年前東歐前共產國家開放之初，我到捷克訪問，看到布拉格馬克斯經濟學院院長辦公室的大桌子上堆滿海耶克 (Friedrich A. von Hayek) 的著作。這位自由主義的大師一生批判計畫經濟和政府干涉，倡導經濟自由，和凱因斯 (John M. Keynes) 有長期的論爭。然而現實世界長期為凱因斯理論及由此而產生的經濟政策所支配，而共產制度戰後席捲世界三分之一人口，海耶克思想成為經濟理論的邊陲，直到一九七〇年代才重新受到重視。海耶克也於一九七四年以七十五歲高齡獲得諾貝爾經濟學獎。如今世界由自由化走向全球化，證明海耶克思想才是經濟進步、政治民主、社會自由的坦途。回想他數十年間，一士諤諤，是何等的勇氣，而支持這一勇氣的又是何等的真知灼見。邢慕寰師應亦無憾！

（麥朝成、吳惠林編，《邢慕寰院士的經濟理念與政策》，臺北，中華經濟研究院，八十九年十二月）

國樹兄安息

——序《梁國樹先生論文集》

梁國樹兄於一九九五年七月三十一日逝世，轉眼就要滿七週年了。夫人侯金英教授和國樹兄舊日的幾位學生為他整理遺著中英文共一百七十四篇，編為《經濟發展Ⅰ》、《經濟發展Ⅱ》、《國際貿易》與《貨幣金融》四冊，將於近日付梓。金英嫂囑我寫序，我覺得義不容辭。

查閱國樹兄遺作的目錄，恍如重溫我們四十年的友誼，我們一起走過的學術生涯，我們分享的知識樂趣，以及我們進入政府在不同崗位上獻身臺灣經濟發展，不負所學，感到的一絲喜悅。於是國樹兄的溫語笑貌在我心中浮現，好像他從來沒有離開我們。

國樹兄和我是臺大經濟學研究所第二屆同班同學，又同為助教，負責系裡的行政工作，因此相處的機會較多，不同於一般同學。國樹兄大學時早我三年，畢業後先去服役，又在銀行工作了一段時間，讀研究所後不久就和金英嫂結婚，經過了一番歷練，行止從容，似乎一切都成竹在胸。我則念完大學直接考研究所，懷著一份不安，對國樹兄有很多依賴；後來在經濟系的發展也一直跟隨他的腳步。

當年經濟研究所初創，第一年尚稱法科研究所經濟組，第二年才改為經濟學研究所。我們班上考進來六個研究生，不久走了二位，只剩下四人。學生少，並無選修課程，大家接受相同的訓練，主要功課是研讀經典名著和寫報告；課業餘暇各自勤讀流行的學說，從中尋找碩士論文的方向。

當時以梭羅 (Robert Solow) 為先驅的新古典成長理論正在萌芽時期，傅利曼 (Milton Friedman) 以貨幣理論為核心「對凱因斯革命的反革命」(the counter-revolution against the Keynesian revolution) 尚在醞釀當中，凱因斯理論在臺灣仍然流行，哈洛德 (R. F. Harrod) 和杜瑪即多馬爾 (E. D. Domar) 的後凱因斯派 (post Keynesian) 成長理論成為成長理論的主流。哈洛德—杜瑪的簡單成長模型在經濟發展理論中被廣為運用，以估測發展中國家的經濟成長率，以及為達成一定成長率所要的儲蓄。而在另一方面，由於戰後所有經濟落後的國家熱切追求經濟發展，各種發展理論和教科書如雨後春筍，一時成為經濟學中的顯學。國樹兄早期的著作主要集中在這一方面，我們可以很容易從《經濟發展Ⅰ》前面的一些論文中察知。國樹兄也是國內最早從事經濟發展研究的學者。

一九五九年夏我們完成碩士學位，國樹兄留系任教，我去服兵役。我服完兵役後在外面工作了一段時期，於一九六四年秋回到系中，國樹兄則拿傅爾布萊特 (Fulbright) 獎學金到美國范得堡 (Vanderbilt) 大學念博士。第二年（一九六五）我也獲傅爾布萊特獎學金到美國奧克拉荷馬 (Oklahoma) 大學進修。國樹兄和我的博士學位都是分兩階段完成。第一階段修畢博士學位所需的課程，通過學科考試，回國寫論文；第二階段赴美就論文作最後修訂，完成口試。這段時期我們在國內相聚的時間很短，總是有一個在國外，或兩個都在國外，直到一九七〇年夏我繼國樹兄之後回國。

國樹兄的碩士論文是〈落後國家之經濟成長因素試析〉，收在《經濟發展Ⅰ》，博士論文則是《臺灣的對外貿易與經濟發展，一九五六—六七》(*Foreign Trade and Economic Development in Taiwan, 1956–67*)。他的碩士論文主要討論國內投資、儲蓄、外援與經濟成長的關係，尚少涉及對外部門，出國後的研究開始轉向對外貿易與經濟成長。這種轉變也大致反映了經濟發展理論和發展中國家經濟發展政策的趨勢。一九五〇年代世界經濟落後的國家熱切追求成長，苦於儲蓄不足，需要外資挹注，以增加投資，達成較高的經濟成長率。然而一國如果缺乏投資的動力和誘因，縱使資金供應增加，也不能促進經濟成長。一九六〇年代發展中國家要求先進國家開放市場，以貿易（trade）代替援助(aid)；經濟發展理論也從重視國內投資、儲蓄與成長的關係，轉而強調拓展出口作為經濟成長的引擎。臺灣自一九五八—六〇年外匯與貿易改革後，發展策略從進口代替走向出口擴張，導致六〇年代和七〇年代快速成長的經驗，也為發展中國家提供了出口導向或出口引導式經濟成長 (export-led growth) 成功的範例。國樹兄對臺灣貿易與發展的關係有廣泛、深入、幾乎無所遺漏 (exhaustive) 的研究，成為他學術工作的主軸，也確立了他在這一學域中領袖群倫的地位。他在這一方面的著作主要見於《經濟發展II》和《國際貿易》。

一九七〇年夏天到一九七三年夏天是國樹兄和我都在系上的時期。一九六九年秋我出國考論文的時候經濟系的主任是林霖教授，林先生對我有很多期許。出國後林先生不幸去世由華嚴師接替。那時經濟系的博士班另有一個指導委員會，主任委員是劉大中先生，國樹兄比我早回來，擔任執行祕書。經濟研究所成立博士班後改革課程，以經濟理論包括總體理論和個體理論，計量方法和經濟發展為必修科，好像是顧志耐（Simon Kuznets）先生的建議。這也是哈佛另外一位前輩教授熊彼得（Joseph A. Schumpeter）一向的主張。國樹兄和我分別教經濟發展和經濟理論，于宗先兄和李庸三兄教計量方法。

宗先兄倡導創立臺灣北區經濟學術研討會，定期邀請學者在經研所的講堂演講或發表研究成果。我記得回國不久在這裡講過〈凱因斯革命的反革命〉，海報貼出來，一時頗為轟動。這篇文章後來在中央研究院美國文化研究所出版的《美國研究》發表，成了我的升等論文。

和國樹兄有系統的研究與論文比起來，我的文章主題分散，不能深耕專業，累積知識，好像下圍棋，東一子西一子，不成局面。華嚴師有次對我說：「你看梁國樹的論文，一篇接著一篇，都是相關研究的成果，日久自然會形成深厚的學問。」弦外之音，不言自喻，我也敬謹受教。華先生早國樹兄五年病逝。良師益友，惠我實多！

這段時期，經濟系的行政工作由華嚴師和國樹兄操心，我自己心無旁騖，充實學問，一心一意想做一個稱職的教師。除了讀書寫作，我也追隨國樹兄帶領研究生作研究。記得主要的研究計畫有經濟部委託的能源供需研究。後來我又接受行政院研究發展考核委員會的委託，研究當時臺灣的物價問題。想不到參與這兩個計畫所得的一些知識和系統的思考，在我不久進入政府後恰好派上用場。

一九七三年夏末秋初，政府從臺大經濟系徵召三位教授到行政院服務，郭婉容教授和我任經濟設計委員會的副主任委員，國樹兄在范得堡大學客座，被急召返國擔任研究發展考核委員會的副主任委員。國樹兄在研考會工作了兩年，一九七五年轉任中央銀行副總裁，一九七九年出任第一商業銀行董事長，後來歷任彰化商業銀行董事長，交通銀行董事長，終於在大家期待中出任中央銀行總裁。所以他後期的文章主要都是討論金融問題。不過由於工作日愈瑣碎，責任日愈重大，不再有充裕的時間，像早期一樣，寫學院派的論文。

就在我們到政府工作的前一年，臺灣的一般物價開始上漲，且後期較前期上漲為速，有日趨嚴重之勢。一九七三年第四季發生能源危機，使原已高漲的物價更如火上加油，而原已接近繁榮頂峰的經濟瞬間陷入衰退。然而就在若干經濟學者認為世界經濟從此進入高膨脹低成長所謂「停滯性膨脹」(stagflation)的時代之際，臺灣經濟於一九七五年下半年開始復甦，七六年至七八年重現七一年至七三年之快速成長。繼而發生第二次能源危機，經濟再度陷入衰退。

面對物價、貿易與生產迅速而劇烈的變動，政府採取的政策應該算成功。不過如果我們對經濟理論有更大的信心，我們應可更及時採取合宜的政策，不致如傅利曼所說「太遲又太少」(too late and too little) 或「太遲又太猛」(too late and too big)。儘管如此，我想國樹兄如在世，他會同意，作為學院派的經濟學者，我們何其有幸，得以參與獻策，有一點微薄的貢獻。我得到的最大教訓是：經濟理論不我欺也！經濟學者常被諷刺說九個經濟學家有十個意見，因為自己的意見和自己的意見不同。杜魯門總統曾經問能不能給他找一位一隻手的經濟學家。因為經濟學家總是說 on the one hand...but on the other hand...。其實經濟學者的意見只有兩種，一種是對的意見，一種是錯的意見。我們必須努力做一位對的經濟學者。而政府從一九七〇年代的經驗中得到的最大教訓是：臺灣經濟應走向自由化。一九七八年七月，政府放棄固定匯率制度改採浮動匯率制度；在金融方面，也自一九七〇年代後期起進行各種制度上的安排，為後來利率自由化做準備。國樹兄在匯率自由化和利率自由化兩方面都有很大的貢獻。

一九八四年五月，國樹兄和我的共同長官中央銀行總裁兼經濟建設委員會主任委員俞國華先生奉命組閣，經建會為他設計以「自由化、國際化、制度化」作為經濟政策的基本原則。九月，他在對立法院的施政報告中提出，正式成為國家的政策。一九八五年四月十五日，俞院長指示成立臨時性的「經濟革新委員會」，以六個月為期，檢討國家經濟情形，提出具體改革方案，供政府選擇實施。經革會由政府官員、企業領袖和學者各九人共二十七人組成，國樹兄和我都以學者身分應聘參加。經革會下設財政、金融、產業、貿易與經濟行政五個工作分組，國樹兄為金融組召集人。經革會經過六個月廣徵意見，研究討論，提出五十六個建議方案，並在其總報告中，確認 (reconfirm) 自由化、國際化、制度化為經濟革新的基本方向。

在這三項政策原則中，國際化和制度化的實踐並非十分成功，自由化的推動最為積極，成為八〇年代後期和九〇年代臺灣科技產業蓬勃發展，臺灣經濟改頭換面，迅速升級，終於一九九七年被世界銀行和國際貨幣基金列為先進經濟 (advanced economy) 的根本動因。不過政府態度近年趨於保守，經貿政策有以干預代替自由之傾向，致投資遲疑，經濟發展前景陰晦，前賢努力，有廢於一旦之憂慮。國樹兄如在，應會作何感想！

國樹兄和金英嫂在我們研一時結婚。金英大學高我一屆、低國樹二屆，是臺大經研所第一屆的研究生。他們一起生活了三十八年。他們共同使用一間書房，他們的書桌面對面，他們一起出國開會，聯名發表論文，金英的文章中有國樹的成分，國樹的文章中也有金英的貢獻。我看到金英嫂常會想起另外兩對夫妻溫馨的故事。一對是前輩學人趙元任和楊步偉。他們的書桌也是面對面。有一次，趙太太楊步偉問先生：「偉大的偉怎麼寫？」趙先生回答說：「楊步偉的偉怎麼寫？」另外一對是國樹兄嫂和我共同的朋友傅利曼夫妻。傅利曼先生固然名滿天下，他的夫人 Rose Friedman 也是有名的經濟學家。有一次他們在臺北，大家談到他們的名著 *Free to choose*，有人問夫人，傅利曼先生別的著作是否也有部分是夫人所寫。傅利曼太太說：“Yes, yes, I did all his work.”

國樹兄逝世後，金英嫂有很長一段時期難以適應。最近刁曼蓬小姐在《康健雜誌》的一篇訪問報導〈侯金英，念一轉，第二春〉中，引用金英在國樹兄逝世一週年紀念研討會致詞說：

國樹離開我們一年多了，始終不願承認他到另一個世界。總以出國未歸的心情，痴痴的盼望他歸來。……

其實我也常覺得國樹兄並未離開我們，只是很久沒見面了。昨天我和于宗先兄在一起開會，想起不久前宗先和我遇到金英，一起回憶一九七八年夏天我們四個人到洛杉磯參加美西經濟學會發表三篇論文的快樂往事。金英臉上帶著笑容。我很高興金英嫂終於走出失侶的傷痛，一肩挑起他們兩個人生活和事業的擔子。我覺得金英嫂步履輕健，一派從容。國樹兄在天上可以安息！

（朱雲鵬等編，《梁國樹先生論文集》，臺大出版中心，九十一年七月）

好書推介

223 與自己共舞　　簡宛

「與自己共舞，多麼美好歡暢的感覺！」旅居海外的簡宛，以平實真誠的筆調，與讀者分享「接納自己、肯定自我」的喜悅。書中收錄作者多年來與自己共舞的所思所感，包含對婚姻、家庭、自我成長的探討，值得您細細品味。

224 夕陽中的笛音　　程明琤

我們可從本書領略程明琤對於生命的思索與感受，對於文化的關懷珍視。她能以廣闊的角度引領讀者去探索藝術家的風範和多彩的人文景致。讀她的文章不只是欣賞其行文遣字的氣蘊靈秀，真正觸動人心的是她對眾生萬相所付注的人文情懷。

225 零度疼痛　　邱華棟

「我發現我已被物所包圍，周圍一個物的世界，它以嚇人的速度在變化更新，似乎我的生活已經事先被規定、被引導、被制約、被追趕。」作者以魔幻的筆法剖析現代人被生活擠壓變形的心靈。事實上，我們都是不同程度的電話人、時裝人、鐘錶人……

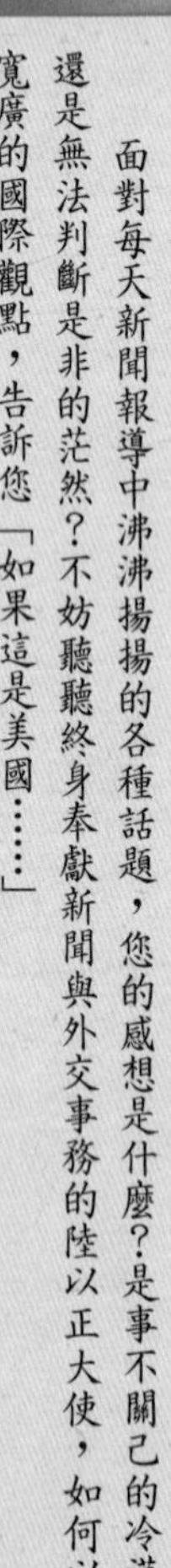

227 如果這是美國

陸以正

面對每天新聞報導中沸沸揚揚的各種話題，您的感想是什麼？是事不關己的冷漠？還是無法判斷是非的茫然？不妨聽聽終身奉獻新聞與外交事務的陸以正大使，如何以其寬廣的國際觀點，告訴您「如果這是美國……」

228 請到我的世界來

段瑞冬

從七〇年代窮山惡水的貴州生活百態，到瑞典中西文化交流的感觸，最後在學成歸國的喜悅中，驚覺中國物質與思想上的巨大轉變，作者達觀的態度及詼諧的筆調，好像久違的摯友熱情地對我們招手：「請到我的世界來！」

235 夏志清的人文世界

殷志鵬

在自己的婚禮上，會說出「下次結婚再到這地來」的，大概只有夏志清吧！他以其堅實的學術專業，將現代中國小說推向西方文學的殿堂，他蓄滿對生命的熱情，打了兩次精采的筆仗……快跟著我們一起走入他的人文世界吧！

238 文學的聲音

孫康宜

聲音和文字是人們傳情達意的主要媒介，然而聲音已與時俱逝；動人的詩篇卻擲地有聲，如空谷迴響，經一再的傳唱，激盪於千古之下。本書作者堅持追尋文學的夢想，用心聆聽、捕捉文學的聲音，穿越時空的隔閡與古人旦暮相遇。

241 過門相呼

黃光男

敏感於事物變換的旅者，洋溢著詩情的才華，細心捕捉歷史上的古拙韻味，透析了社會發展的步履，讓人宛如置身於包羅萬有的博物館裡。如果你厭倦了匆忙的塵囂，請翻開此書，讓典雅的文句浮載你到遠方，懷擁「過門更相呼，有酒斟酌之」的情境。

242 孤島張愛玲

蘇偉貞

張愛玲整個的生命就是從一座孤島到另一座孤島的漂流。她在香港這座孤島的創作，承續了大陸時期最鼎盛的創作力道，是轉型到美國時期的過渡階段。藉由作者的引導，帶您看看張愛玲這段時期小說的意涵及影響。

243 何其平凡

何　凡

還記得那段玻璃墊上的日子嗎？在聯合報連續撰寫專欄逾三十年，何凡，以九十二歲的高齡，將這十年間陸續發表的文章集結成這本書。謙虛的他取其筆名的含意，將這本小書命名為「何其平凡」，獻給品味不凡的——您。

251 靜寂與哀愁

陳景容

畫家陳景容在本書中除了信手拈來的小品，更為您細數過去重要作品的點點滴滴，不論是濕壁畫、門諾醫院的嵌畫或是平日創作的版畫、油畫、彩瓷畫等，彷彿讓您親臨創作現場，一同見證藝術的誕生。

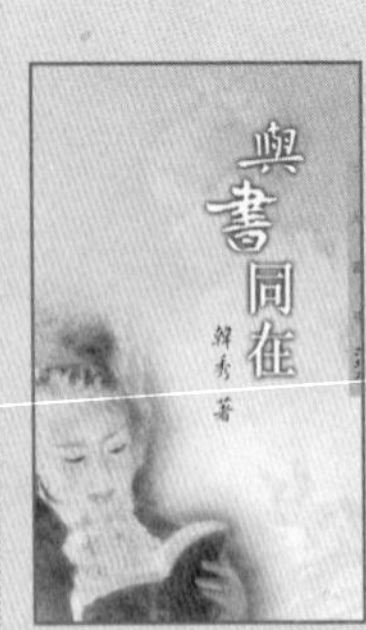

253 與書同在

韓　秀

臺灣一年有多少本書面世呢?三——〇〇〇〇以上,沒錯!四個零。面對書山書海,您是否有不知該如何選書的困擾?與書生活在一起的作家韓秀,提供給愛書朋友們一份私房閱讀書單,帶領讀者超越時空的藩籬,進入書的世界裡。

254 用心生活

簡　宛

生活之於你,是否已如喝一杯無味的水,只是吞嚥,激不起大腦任何感動;有人卻不如此。簡宛以一顆平實真摯的心,不斷地於生活中挖掘出新的滋味,記錄她對朋友的關懷,旅途上的見聞感想,對世事的領悟與真情的感動,與您分享。

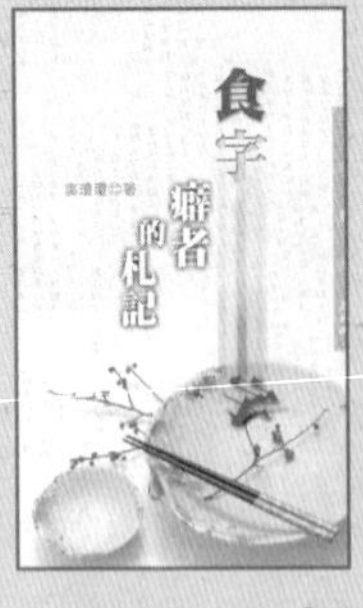

255 食字癖者的札記

袁瓊瓊

當您闔上這本書前,眼角餘光還會掃到這一小塊文字,恭喜!您罹患了一種精神官能症——「食字癖」。發作初期會對文學莫名其妙地熱中,到了末期,則有不讀書會死的焦慮。此病無藥可醫,只能以無止盡的閱讀緩解症狀。這本書提供末期的您,啃食。

258 私閱讀

蘇偉貞

私之閱讀,閱讀之思。寫書、讀書、評書,與書生活在一起的「讀書人」——蘇偉貞,以獨特的觀點,在茫茫書海中取一瓢飲,提供您私房「讀」品,帶您窺伺文字與靈思的私密花園。

國家圖書館出版品預行編目資料

時還讀我書／孫震著.－－初版一刷.－－臺北市；三民，2003
面；　公分－－(三民叢刊. 257)
ISBN 957-14-3742-5　(平裝)

1.

網路書店位址　http://www.sanmin.com.tw

著作人　孫　震
發行人　劉振強
著作財產權人　三民書局股份有限公司
臺北市復興北路386號
發行所　三民書局股份有限公司
地址／臺北市復興北路386號
電話／(02)25006600
郵撥／0009998-5
印刷所　三民書局股份有限公司
門市部　復北店／臺北市復興北路386號
重南店／臺北市重慶南路一段61號
初版一刷　2003年2月
編　號　S 85630
基本定價　參　元
行政院新聞局登記證局版臺業字第〇二〇〇號

ISBN　957-14-3742-5　(平裝)